JN218385

哀愁のニューイングランド

米国陸軍にて祖国日本を想う

安濃 豊

展転社

目次

カバーデザイン　クリエイティブ・コンセプト（根本眞一）

家族喪失

「僕にはこの技術を世界に伝える義務がある。だからアメリカへ渡り、さらに研究を発展させる必要があるんだ。分かってほしい」

こんな説得をもう何ヶ月も繰り返している。しかし妻は「渡米するなら一人で渡米しろ」といっこうに首を縦に振らない。

「僕は君と子供たちと一緒にアメリカでの生活を楽しみたいんだ。幼い子供たちにも良い経験になると思うから、子供たちは英語も話せるようになるだろう」

両親が離婚の危機を迎えていることなど何も知らない三歳と五歳の子供が「パパ、パパ、お馬さんごっこ」と言って纏（まと）わり付いてくる。小さな体の幼子を二人背中に乗せて部屋をぐるぐる回り、この子たちの将来のためにもアメリカでの暮らしを経験させなくてはならないと考える。

「もう日本の研究所は退職してしまった。他の大学も僕を受け入れてくれそうもない。歓迎してくれるのはアメリカ陸軍の寒冷地研究所しかないのだよ。頼むから家族みんなでニューイングランドに引っ越そうよ」

妻の答えは

「貴方一人で渡米して、生活費だけ送ってくれれば良い。私は子供たちと一緒にこの家に残るわ」

この家とは妻の実家のことである。

実は職を辞してから、渡米までの間、妻の親が一緒に暮らしたいと言うから妻の実家に世話になっている。

ここに移ってきてから、妻の態度は大きく変わってしまった。共に渡米するはずだったのに、親に反対されたのか、単身赴任で渡米しろと言い始めた。アメリカへなど行きたくないと言い始めた。今さら英語の勉強などしたくないし、車の免許も取りたくないと言う。

一階の居間で話を聞いていたのだろう、義父が階段を駆け上がってきて、私たちの部屋に怒鳴り込んできた。この義父は国鉄の元保線工夫でいつも腕っ節を自慢していた。私の父も元国鉄で、その縁があり、妻と知り合い付き合い始めた。

酒臭い。

「あんたも物わかりの悪い男だな。公務員を辞めたあんたにはもう用はないんだよ。公務員だと言うから娘を嫁にあげたのに。外国へ行くなら一人で行けよ、なんで娘まで道連れにする。男ならさっさと一人で行っちまえ。私たちはここで娘と孫と一緒に平和に暮らしたいんだ。お前は邪魔なだけなんだよ。何が研究のためだ。そんなもの私らと何の関係がある。研究を続けたいのなら一人でよそへ行って続けろ。孫を置いて娘と別れてさっさといなくなれ。

お前の顔なんて見たくないのだ。この家から出て行け」と私の胸ぐらを摑み階段から突き落とそうとした。ところが勢い余って、次男と一緒に階段を転げ落ちていった。その時、階段の手すりが外れてバラバラと落ちていった。次男が義父の下敷きになって大きな声で泣き始めた。泣きつづける子をあやそうと、妻が階段を駆け下りると、子を抱き上げ、私にこう言った。

「父に暴力を振るうなんて、絶対に許せないわ。もういいからこの家から出て行って」

義理の母がたたみ掛ける。実はこの家の当主はこの母親である。義父は入り婿なのだ。離島のニシン漁師の家に生まれたこの女は口が汚く無学無教養である。喧嘩になると浜弁でまくし立てる癖がある。話の内容はこうだ。

「男の子二人はこの家の跡継ぎにするから、お前は娘と離婚して出て行け。お前の金など一銭もいらない。この子たちの養育費は私たちが見るから離婚しろ」

長男が親たちが何故揉めているのかを察したようである。眼を真っ赤に腫らして泣きじゃくりながら、

「どうしてみんなパパを虐めるの、パパはアメリカに連れて行ってくれるのに、どうして虐めるの。パパは何も悪いことしていないのに、どうして虐めるの」

まだ五歳の長男が泣き続ける。その長男に私は言い聞かせた。もう離婚しかないと決心し

たからだ。

「パパはもうこの家にはいれないから、出て行くことにするよ。パパには大事な研究があるから、ママと別れて一人でアメリカへ行くよ。お前たちを連れていけないのは悲しいけれど、ママと爺さん婆さんがそういうから仕方ない。お前が大きくなったら、どうしてパパが出て行ったのか分かる時がくるから、その時また会おうね」

そう長男に言い聞かせて、二階へ上がり、当面必要なものと研究資料、研究機材をバッグに詰めると、コートを羽織って玄関に立った。長男がコートの袖を摑んで離さない。

「パパ、行かないで、行かないで、行くなら僕も連れて行って」

長男を抱き上げると強く抱きしめた。これが我が子を抱きしめる最後なのかも知れない。小さな顔を涙で濡らしている。その涙を拭ってあげ、目の下の涙は嘗めてあげた。幼児特有の爽やかな匂いと涙の塩辛さが心に痛かった。自分の頰に右手で息子の小さな顔を押しつけた。我が子の熱い体温が頰に伝わってきた。子を降ろすと、玄関ドアを開け外に出た。一陣の旋風が生暖かく私を包み、そして通り過ぎていった。玄関前の小さな坂を登り切り、振り返った。長男が玄関ドアを開けて泣き叫んでいる。私の方に駆け寄ろうと足をバタつかせてもがいているのだが、その小さな体を妻と義理の父親が行かせまいと抱え込み押さえている。奥から義理の母親が手に小さな器を持って現れた。私が去った玄関先に白い粉を撒いている。塩を撒いて清めているのだ。そして、また分かりづらい浜弁で、

「電卓返せ！」と何度も叫んでいた。その電卓とは関数電卓で研究に必要なものであった。義親がプレゼントしてくれたものである。もらったものを返す必要などないし、関数電卓をこの知的レベルの低い人たちに使いこなせるはずがない。無視して通りへ出ると、タクシーを拾って街へ向かった。

この知的レベルの低い漁師と元保線工の凡庸なる幸せのために、世界で初めての研究成果を反故にすることなど出来るはずがない。こんな下民のために、何万人もの命を雪害から救う事になるであろう技術を潰すわけには行かないのである。幼き二人の子も大人になった時分かってもらえるはずである。

その日は急な出奔で十分な持ち金がなかった。それでカプセルホテルに泊まり、翌日区役所へ出向き、緑色の離婚届用紙を貰い判を押すと、そのまま投函した。子供の親権は向こうに渡すつもりである。幼い子には父親よりも、たとえ愚かで軽薄カス女であっても母親が必要である。子供が大人になった時、会いに来てくれるはずである。

カプセルホテルを出て、ウィークリーマンションで過ごすことにした。渡米まで一月ある。米国領事館で家族ビザの申請を取り下げ、自分だけの研究滞在ビザを発行してもらった。窓口の米国人係員は米国陸軍から連絡があったそうで、米国陸軍にとって重要な研究者であるから丁重に扱い、何でも相談に乗るようにと指示されていたそうである。成田からＪＦＫまで米陸軍の担当官が同行してくれるそうである。これは助かる。米国本土への渡航はこれが初めてだからである。

私の名は田中俊彦三十五歳、元キャリア官僚で農学博士、北斗大学農学部出身、世界で初めて吹雪と吹溜り現象を風洞実験装置内でミニチュア模型として寸分違わず数百分の一の縮尺で模型化することに成功した。この技術により積雪寒冷地では建物や道路、鉄道などの工事をする前に吹溜り着雪、雪崩などの発生を予見することと、その対策を講じることが可能となる。

「雪の風洞シミュレーション」。それは前人未到の研究分野である。大きな風洞装置の中で雪つぶよりはずっと小さいが雪と似た性質の粉体を降らせて風洞装置の中にミニチュアの吹雪、雪崩などの雪害をつくる。この技術が完成すれば、毎年多くの犠牲者を出す雪害の防止に大きな手段を提供することになる。

この技術は米軍も未開発であり、空軍基地、航空機・艦船・軍用車両への着雪と吹溜りの防止に役立つと考えられ私が呼ばれた。赴任地は米国陸軍工兵隊寒地理工学研究所、この研究所は世界で最高峰と呼ばれる寒冷地に関する総合研究所である。

アラスカ上空にて

ノースウエスト機はアラスカ・フェアバンクス上空にさしかかった。

私は足もとのバッグからウォークマンをとりだすと楕円形の窓に押しあて、ヘッドフォンの片方のレシーバを右の耳に近付けた。そして、スイッチを入れた。89ＭＨｚから１０８ＭＨｚへ向けてチューニングを合わせていく。

「ザー」という局間ノイズが続いた後、

「スーパーハイビー今週のバーゲンは卵Ｌサイズが一ダース六十セント、セブン・ボーンズがポンド九十八セント」

さらに局間ノイズが続き、

「中古車ならカーズカー、ベンツからシベットまであらゆる車種を格安で提供――」

さらにザー音のあと１００ＭＨｚのあたりでバッドパウエルの豪快なピアノが流れて来た。ジャズ専門局だろうか。チューニングをそのままにして、もう片方のレシーバーを左の耳にセットしてしばらく聴き入る。

窓の外を見れば、主翼の先に取り付けられた棒状アンテナが気流の乱れに緩やかに上下動を繰り返している。緑で覆われた大地には、一本のハイウエイがずっと北の方の地平線まで伸び、その地平線の少し手前で二本に枝分かれしている。耳元のジャズはエロール・ガーナーの流れるようなタッチに変わった。

「ハッ」と目が醒めた。

少し寝入ってしまったようだ。寝入ったと言っても、ほんの数分であろう。エロール・ガーナーが耳元でかすかになっている。

そして、機体がフェアバンクス上空から遠ざかるにつれ、ピアノの音はノイズの中に消え、サーッという軽いノイズだけがレシーバーに残った。ブロンドを肩のところでバッサリ切った背の高いＣＡがランチのメニューオーダーを聞いている。ビーフシチューを注文した。そして、食事のあとまた寝入ってしまった。

しばらくしてまた目が醒めた。ＣＡが掛けてくれたのか、目を醒ますと膝にブランケットがのっている。

隣に座る同行の陸軍大尉は東京の米国大使館付きの武官としての勤務を終え、ワシントンの陸軍省勤務に戻るそうである。大変日本語の上手な方で、子供の頃は日本で育ったそうである。小柄な赤毛の白人女性だった。戦場経験はなく、もっぱら事務畑を歩いてきたそうである。機中では米国陸軍のしきたり、歴史などについて教えて頂いた。

日本語新聞を広げて、昭和天皇の写真を指さし皇室のある日本が羨ましいと言っている。天皇が入院したのは成田を発つ一週間前だったから、病状についての報道だろう。天皇陛下がどうなろうと、日本という国を捨ててアメリカへ向かっている今の私にはなんの関係もないことである。彼女は話疲れたのか、すやすやと静かに寝入った。長い睫（まつげ）がピクンと揺れた。彼女の名はダイアナといった。

　機体はすでに北部アラスカに達しようとしている。窓の下にはただ茫漠（ぼうばく）たる岩砂漠のような景色が広がっている。ツンドラである。

　そのツンドラに覆われた山岳のところどころに氷河が白くへばりついている。残してきた二人の男の子の悲しげな顔がその氷河に二重撮（うつ）しとなっていた。

　私は日本の学会をおわれ家族を失いアメリカまで来てしまった。

〈何故こんなことに〉

　成田を発ってから、何度そのことを考えたことだろう、しかしまだ答えを見いだせずにいる。そのことを考える度に日本での出来事の断片が通り過ぎていく。

　七年前だった。

「お父さんはよほど公務員が好きなんですね。転勤ばかりで安月給の公務員なんかに娘さんをくれるはずないと思っていたから意外だね」

「私は一人娘だから仕事の安定した職業の人に嫁がせたいと前から言っていたわ。ところで研究の方はうまくいってる」

「来月、美幌峠（びほろとうげ）に雪崩（なだれ）調査にいくことになった。もしかしたら雪害シミュレーションのモデルにつかえるかもしれない」

「雪の研究ってそんなに楽しい」

「別に楽しくはないけれど、仕事だから仕方ないよ。それに雪国に住む人たちの生活に必要なことだから」

「でもあなたを見ていると雪の研究が楽しくて仕方ないという風に見えるけれど。本当は雪に恋しているんじゃない」

「最近不思議なことに気が付いたよ。子供のころ外で遊んだ記憶といえば雪遊の記憶しか残っていない。もしかしたら子供のころから雪が好きだったのかも知れないね」

　妻と一緒になって一年が過ぎようとしていた。妻は私の研究に興味を示していたように思われた。私の研究が先端的であるがゆえに果せられた孤独を彼女が癒してくれていた。

　五十年前一人の日本人研究者が世界で初めて雪結晶の科学的研究を始めた。中山敬博士である。中山博士の研究は中山雪氷学といわれ、その後の寒地研究の基盤を作ったのみならず、雪氷以外の地球物理学、半導体などの結晶学に大きな影響をあたえた。その中山博士が死の直前に言い残したことがある。

「今後の雪氷研究の最大の課題は雪の風洞シミュレーション法の開発である」

その後多くの研究者が実用化を試みたが、誰一人として成功しなかった。そんな未踏の地に足を踏み入れようとすることに私は興奮していた。間違いなく実験は成功する。自分は必ず成功する。自分は過去の研究者とは違う。そんな確信が日々自分の中で強くなっていくのを実感していた。

美幌峠にて

「どうもこうもねえ。これじゃあ、吹雪が止むまでじっとしているしかねえ」

除雪車の運転主任が美幌峠から戻って来た。頭に黒革の熊撃ち帽をかぶり、風に飛ばされないようにその帽子をしっかりとタオルで巻いている。ゴムの長靴には雪がこびりつき、防寒ズボンは綿に着ぶくれして、足を交差する度「ズシズシ」と擦れる音が聞こえる。

「オホーツクの低気圧はいったいいつまで居座る気だべ。もう四日もこんなんじゃ農家もまいるべ」

私は美幌峠の吹雪を調査するため弟子屈出張所に滞在していた。宗谷海峡を通過して日本海からオホーツク海へ移動した大型低気圧が網走の沖に居座って数日が過ぎた。美幌峠の気象ステーションから送信されてくるデータは最大風速五十メートル、氷点下三十度を示して止まっている。

「これじゃ、どうにもならん、雪が収まるまでじっとしているしかない」

と主任は手袋を外し、除雪機械の運転手達が待機する詰所の畳に投げつけた。賄いのおばさんが主任に焼酎のお湯割を差し出した。

「いつでも、出動できるようにエンジンはかけっぱなしにしておけ。一度冷えたらエンジンがかからなくなる」

石油ストーブのファンがガラガラと鈍い音を立てている。灯油バルブは全開にセットされている。札幌から現地調査に来た私たちの姿を見ると主任は、

「あんたらかい。吹雪の調査に来たのに、この猛吹雪で調査もできなければ、帰ることもできないというのは」

と手にした焼酎を飲み干した。そして今までの緊張がまるで嘘のようにニタリと笑い、雪で濡れた防寒ズボンを脱ぎ捨てると、ももひき一枚になって畳のうえにあぐらをかいた。

「こんな吹雪は十年ぶりだべ。弟子屈から外に通じる道路は全部通行止めで、鉄道も全線不通だってよ」

「主任、奥春別の山形さんから、明日の朝までに道をあけろと催促だけど」

「そんなこと言ったって、一寸先も見えないのに除雪車を出せるはずがないだろう。事故で

も起きたらどうする。今度電話来たらとにかく我慢してろと言っておけ」

「明日から搾った牛乳全部捨てなくてはならないとぼやいていますが」

「捨てるしかないべ。とにかくこの吹雪が収まるまでは除雪車はだせねえ。まったく、山形の親父だけはいつも聞き分けがない」

灯油ストーブのファンが「カラカラ」と乾いた音を立てはじめた。

ビニールを何枚も重ねた窓は、霜がこびりつき、霜の隙間からわずかだが外の様子が垣間見える。ロビンソン風速計の三つの腕はひきちぎられそうに回り続けている。三台のトラック型除雪車を納めた格納庫のシャッターは開け放たれ、V型八気筒三百七十馬力のディーゼルエンジンはドドドドと特有のうなり声を上げている。

「主任、山形さんからまた電話だ」

「またか、しょうもない奴だ」

主任が茶碗を片手に詰所から電話のある事務所へいく。ストーブの上に置かれたヤカンがファンの音にあわせるかのようにコンコンと鳴りだした。

「青木さん、当分札幌には帰れそうもありませんね」

私は一緒に来た青木に聞いた。

「こんな吹雪は十年前にもありましたが、あの時は美幌峠の頂上の防雪柵が根本から切断されて、その対策に苦労したものです」

「でも、あの防雪柵の支柱はH型鋼を使った頑丈な物だったのでしょう、それが風圧で切れてしまうなんて」

「まったく信じられないけどね。型鋼の破断強度から逆算すると、当時の最大風速は七十メートルという信じられない値が出て来ました」

「大型台風並ですね」

「あの時美幌の風速計は四十メートルのところで壊れてしまった」

ヤカンとストーブのファンが奇妙なリズムを奏でている。

「牛が死のうが、牛乳が腐ろうが、吹雪がおさまるまで身動きとれん」

主任の荒い声が事務所から聞こえてくる。

詰め所の引き戸をゆっくりと開けて、出張所長が警察署から戻って来た。そして運転主任を呼んだ。

「警察の話しでは、吹雪の前に美幌峠に向かった何台かの車が行方不明になっているそうだ。どうも峠を通行止めにする前に入っていったらしい。捜索隊を組織するから美幌峠を最優先であけてくれというんだ」

「俺がバリケードを閉めに行った時一度頂上へも行ったが、もう吹雪でほとんど何も見えなかった、もしあそこで雪に埋まっていたら助からないかも……」

と運転主任が口ごもった。詰所が沈鬱な空気に包まれた。

また事務所の電話がなる。専務主任が、

「所長！　山形さんからです」

というと主任がその受話器を取り上げた。

「山形、まだわからんのか。牛が死ぬどころの話しではないんだよ。この馬鹿がいい加減にしろ」

と怒鳴るとガチャンと受話器を戻した。

「しかし、この天候ではいずれにしても雪が収まるまでは捜索隊は出せないな」

と出張所長は自分の部屋に引き困ってしまった。そして誰かが、

「もしも、死んでたら、所長は業務上過失致死という事になるのかな」

と呟いた。また沈鬱な空気が詰所に流れた。

「まったく、早く道路を閉鎖すれば文句を言うし、遅れればまた文句を言われる。世間なんて勝手なものだ」

運転主任が吐き捨てる。

外の風はいっこうにおさまる気配を見せない。窓の外に置かれた風速計と温度計は風速十二メートル、気温マイナス十度をさしている。私たちはその陰湿な空気から逃れるように寝床についた。

翌朝、北海道の空は快晴に恵まれた。低気圧がカムチャッカ方面へ去ったのである。事務

所の電話は鳴り続けている。すべて早く道をあけろと言う催促の電話である。詰所の外に出て車庫を見ると除雪車はすべて出払っている。

「田中さん、中標津からの連絡では峠の除雪は今晩終わるから、明日中標津から釧路へ抜けて札幌に帰りなさい。遠回りになるけれど、それが一番早いでしょう。美幌峠と阿寒横断道路についてては明日いっぱいかかりそうです」

札幌に帰着してつぎの日である。朝刊のトップに『美幌峠で雪崩のため十一名死亡。開発局弟子屈出張所所長、業務上過失致死の疑いで取り調べか』と大きく報じられた。峠の頂上へ至るヘアピンカーブで、吹雪のため立ち往生していた五台の車が雪崩に押し流されたのである。

一週間ぶりの帰宅

「美幌峠の調査大変だったんですって」

「吹雪で缶詰にされて春まで出てこれないのではないかと思ったよ」

「亡くなった人たち可哀想ね。私たちと同じ歳の人たちもいたみたい」

「犠牲者のうち一組の夫婦は初めての赤ちゃんを連れて実家へ帰る途中だったそうだよ。赤ちゃんも一緒に雪崩に巻き込まれてしまった。犠牲者たちには悪いけど僕たち雪の研究者にとってこういう事故は格好の研究材料だから。車はペチャンとつぶれて捻れて、遺体ももとんど原形を留めていなかったそうだよ」

「空から降ってくる雪はきれいだけど。本当は怖いものなのね」

「研究者の立場からいうと、今度の事故位すばらしいデータを与えてくれたものはないと思う。もしも今回の事故を風洞の中でシミュレート出来たら、実験方法はほとんど完成したと言えるね」

「あなたの研究の難しいところはどこなの」

「雪と違う材料で、雪と同じ性質を雪の大きさの一千分の一の大きさで再現しなくてはならないところにある。これは物性論的に大変難しいことなんだ。とくに水分で変化する雪の粘着力を数ミクロンのオーダーで再現するのは難しい」

「それってほとんど不可能に近いんじゃない」

「ところが僕は最近初歩的な実験に成功したのだよ。先週活性白土という特殊な粘土を風洞の中で試したのだけれど、ミニチュアの民家の周りに綺麗な雪景色が出来た。粘土は雪と同じように水分で粘着力を変えることが出来るから、雪の性質をうまくシミュレートすることができるようだ。僕は農学部出身だから粘土は得意だよ。今度は美幌峠の事故をシミュレートしてみるよ」

「パパ頑張ってね。私も両親も応援しているから。特に父は国鉄で保線にいたから雪害には理解があるみたい」

この会話から暫くして長男が誕生した。築三十年、狭くて古い2DKの木造官舎に元気な赤子の声が響いていた。

黒田先生との出会い

一千分の一に縮小された美幌峠の模型が吹雪風洞装置にセットされ、美幌峠の事故が再現された。オホーツク海を東へ移動する低気圧にあわせて風洞装置の中の風向風速も変化された。最初に風の通り道になっているヘアピンカーブに吹き溜まりが発生した。車はこの吹き溜まりに立ち往生した。つぎにヘアピンのすぐ上の尾根に発達した雪庇（せっぴ）が雪崩て、五台の車を押し流したのである。シミュレーションから予測された雪崩の発生時刻は、二月五日午後六時で、検死結果から推定された被害者の死亡時刻に一致した。

「すごい！　新聞に大きく出ていたわ。世界で初めての成功ですって。やっぱり粘土が効いたのね」

「新聞というのはずいぶん大げさな書き方をするものだね」

「世界で初めての成功なんて日本ではあまりないもの。新聞に載って何かいいことあった」

「うん。北斗大寒地研の黒田教授が中山雪氷学を教えてあげるから時々家に来るようにって。黒田先生は中山先生の一番弟子だから、僕みたい現場の研究者にとってはこんなに嬉しいことはないよ。早速今週先生の家に行ってくるよ」


黒田先生の自宅は北斗大学の北、大学村と呼ばれる一画にある。背の高いニレの樹が入り口にあり、その枝をくぐると玄関になっていた。そして十二畳ほどの書斎に通された。書斎の南側の窓の下に座卓があり、先生は窓に向いて座り、私は先生から見て左側に座らされた。

「田中君も大変な研究を始めたものだね」

「仕事ですから仕方ありません」

「中山先生が雪のシミュレーションは次の課題であると言ってたのを思い出してね。一度話しを聞こうと思っていたんですよ」

「黒田先生は日本の電子顕微鏡研究の草分けの一人だと聞きました。僕はその話しを聞かせてもらいたいです」

「それじゃあ僕の話から始めましょうか」

と黒田先生の目の奥が微笑んでいた。

「僕は四国の土佐の生まれで、地元中学を出てそのまま京都の三高に行きたかったのだけれど、呉服屋をしていた家が親父の道楽で倒産してしまい、旧制中学卒のまま就職することになってしまいました。そして東京の運送屋に就職しました。そこで学歴がなくては出世できないことを嫌というほど思い知らされました。そこで僕は夜間の学校に通うことにしました。当時夜間で教えてくれる学校は東京物理学校（現在の東京理科大学）しかなかったのです。通勤と通学、そして昼に食べる一杯のうどん、これで給料はなくなりました。そんな生活を続けていたある日、先生に呼び出されて言われました。『新学期からは昼の授業にでなさい』と。先生の話しがよくつかめないから聞き返しました。『昼は働いているから通学は無理ですし、昼勉強して夜働けるような仕事はないものでしょうか』と、そうしたら先生は『いや、君は夜働く必要はないよ、君は新学期から本校特待生として授業料を免除される。十分とはいえないまでも、生活費が支給される。よく辛抱して来たね、おめでとう』と告げられました。

その時は嬉しくてね、勉強だけに打ち込めるなんて夢のようでした。つぎの学期からは狂ったように勉強しました。自分で言うのもなんだけど、僕の卒業時の成績はかなりよかったですよ。卒業してから逓信省（ていしんしょう）の電波研究所に技手として採用されましたが、やはり此処にも学歴の壁はありました。でも好きな研究をして給料をもらえるんだから、こんないいことはないと思って働いていました。当時は開戦直後で、ドイツから電子顕微鏡の文献が少しはいって来ていました。そこで戦時研究として、我国で最初の電子顕微鏡を開発することになり、僕にその大役がまわって来ました。当時研究所の中には東大や京大をでた研究官がたくさんいたのに、何故か僕のところにまわって来ました。他の研究者は担当を避けたんですね。ドイツからの文献が少しあっただけで、しかもその文献には電子顕微鏡の概念図が載っているだけで、具体的なことは何一つ載っていなかったから。でも、僕みたいな物理学校出の技手には大変やりがいのある仕事でした。研究を始めてから二年後、当時の丸いブラウン管におぼろげな画像が結ばれました。実験の成功はよかったけれど、今度は他の研究者のジェラシーが始まりまして、物理学校出が大きな顔するんじゃないってわけです。それからは苛めがひどくて、毎日がつらかった。だから中山教授から北斗大の寒地研へ移るよう誘われた時は飛びつきましたよ。当時中山教授は中間子理論の湯川博士と同じくらい有名な学者で、先生への憧れはあったけれど、本音はあの苛めから逃げたかったということかな。寒地研へ移った時、アッツ島の玉砕が報じられました。それから終戦まで、ニセコアンヌプリの頂上に設営された研究施設で飛行機の着氷防止の研究や、根室や国後へ行っては、飛行場の霧をなくす研究をしていました。君を見ていると、あのころの自分を思いだして、とても他人事とは思えないんですよ。中山雪氷学の特徴は応用研究を重視するところにあります。応用重視だからと言って基礎研究をないがしろにするということではありません。雪氷学というのは自然現象を扱う以上、雪害の克服とは切っても切れない関係にあります。一般的に科学者とよばれる連中は応用とか実用とか言う泥臭い研究を嫌って、純粋な研究、例えば、雪結晶の研究で言えば、綺麗に形の整った結晶のような研究を好んで、形の崩れた結晶の研究は避ける傾向がある。これは少なくとも雪氷学においては大きな間違いです。科学的興味から言えば形の崩れた結晶の生成原因の方が面白いわけだし。現実に空から落ちてくる雪はその大多数が整った形などしていません。そんな不格好な雪が雪害を引き起こすわけですから、不格好な雪の研究も大切なのです。基礎と応用は雪氷学の車の両輪であって、いずれもないがしろにしてはならないものなのですよ。君の研究の面白いところは雪害シミュレーションという意味では実用研究であるし、雪の複雑な物性をシミュレートするという意味では物性論的な基礎研究になる。そういう意味で君の研究は中山雪氷学を当に受け継ぐものと言えます。だから、君は中山雪氷学を発展させるためにも、物性論と流体物理の両面からこの研究を完成しなくてはなりません。大変だろうけれども。君も雪の模型化という大変なことを実現してしまって、これから風当たりが強くなると思います。科学者の真価は論文を幾つ書くかで決まるから、君は雑音に惑わされず論文をたくさん書くことだ。とりあえずアメリカへ論文をいくつか出すことにしよう。君はすでに模型実験法を確立してしまっているから、それについて三編に分けて投稿しよう。そのつぎに実験理論についても、やはり三編に分けて投稿しよう。それらの論文を書きながら君に雪氷学の基本を教えることにしよう。そしてその論文を君は学位論文（博士論文）に纏（まと）めなさい。これから科学者として生きていくために博士号は必ず必要だから」

さっそく妻に報告した。

「今日はいい知らせがあるよ」

「なにかしら」

「黒田先生が博士論文を書きなさいって。世界で初めてのことだから博士になる価値はあるそうだよ。もしも僕が博士になったら、お父さん喜んでくれるかな」

「そうね、パパびっくりするわよ。息子は博士だって職場で自慢するに決まっている」

「でもずいぶん若い博士ね。未だ二十七歳よ。そんなに若く才能を発揮したら他の人たちに僻(ひが)まれるわよ」

「それがそうなんだよ、どうも北斗大学の寒地研究所の吹雪担当の先生方が臍を曲げてるらしい。寒地研に無断で実験成功を報道したのが気に入らないし、二十七歳という普通であれば、まだ大学院博士課程の学生という年齢で、大学院に行ってないのに生意気だというわけさ」

「だって仕事だもの、仕方ないじゃない。されに北斗大学と北海道開発庁は違うお役所でしょう、なんで大学にとやかく言われなくてはならないの」

「ところが大学の先生には区別が付かないものらしい。来週寒地研へ行って来る」

寒地研に呼び出されて

北斗大学付属寒地研で吹雪の研究を担当する前川教授が私を寒地研に呼び出した。

「君は何歳になるのかね」

「今年で二十七になります」

「二十七歳ね、君は随分老けてみえるね。もう、四十近いのかと思っていたよ。田中君、黒田教授から寒地研で君の学位を見るよう申込があってね。君が直接黒田先生に頼んだのかね」

「いえ、先日黒田先生から『君の研究は博士号を取得するだけの資格が十分あると思う。寒地研に博士審査論文の作成について指導するよう推薦しておいた。準備を始めなさい』といわれ初めて知りました」

「本当かね、君が自分で申し入れたのでなければ、未だ二十七歳にしかならない君を博士に推薦するはずなどないと思うがね。君は学位というものがどういうものか理解していないようなので、この際説明しておくよ。博士号には課程博士と論文博士の二種類がある。課程博士は大学院の博士課程へ進んで授業と研究指導を受け博士論文をまとめ審査を受けて博士となるもの。

論文博士は研究機関などで研究したのち、研究成果を博士論文としてまとめ審査ののち博士号を送られる。いずれも三編以上の著名な学術誌の掲載論文を必要とし、そのうち少なくとも一編は国際的に認められた英文論文でなくてはならない。君の場合、大学院を出ていないから、もちろん論文博士になるわけだが、論文博士は年齢的には四十前後が多い。この研究所の助手、助教授の中で四十過ぎても学位を持たない人が九人もいる。教授でも三人が学位を持っていない。私も持っていない。助手の大半は学位を持たない。しかも、彼らのほとんどは大学院の博士課程に進んだものの、博士論文をまとめ切れず、そのまま研究所に残った人達だ、博士課程とは言うものの、現状では課程三年間で学位を取った人は未だ一人もでていない。大学院を終えても、論文をまとめきれずにそのまま助手として研究を続け、四十前後でやっと博士号を取るというのが普通のパターンだ」

私にとっては初耳のことばかりであった。

「学位というのはそんなに取得するのが難しいものなのでしょうか」

「君は分かってないね。第一国際的な学術誌の厳重な審査を通って論文を掲載してもらうことは、そんな簡単なことではないよ。そうだね、雪氷学の教授クラスでも数年に一度載ればいい方だね。僕は未だ若いから二編しか載ってない。でも、この研究所の四十代の教授の中では一番多いと思うよ。いまこの研究所の所長をしている武田さんなんか一編もないからね。それほど学問というのは難しい。理学部出身で大学院を出て、この研究所で何年も研究している僕等でもそうなんだから。ましてや農学部出身で大学院もでておらず、大学の助手も勤めていない君にはほとんど不可能なんだよ。

だから、今日僕は君を此処に呼び間違いのないよう説明しているんだ。君に学位を取得する資格はまったくない。だから、黒田教授に学位取得を取り下げるよう君から申し入れなさい。要するに辞退すれということだ。大体二十七歳で学位取得の資格ができるのなら僕らは苦労はしない」

「学位取得のための資格については僕も不安があったので、黒田先生に聞いてみたのですが、先生は来年の春で十分すぎるほどの資格が出来ると言われました」

「そんなばかな。だって、君には論文はひとつもないじゃないの」

「いいえ、この春黒田先生に指導していただき、Nature へ提出した雪の模型実験法に関する三編の論文が審査を通り一挙に掲載されると連絡がありました。さらに、American Physics へ提出した混相流体における摩擦速度理論に関する三編の論文も来春には掲載されるそうです」

「君が言っているその六編の論文というのはこの春、氷雪学会の機関誌に和文で投稿して来たあれだろう。あの論文については僕と国立南極研の西村さんが審査したけれど、基本的な論文構成からなってないし、論理展開が独善的で客観性にかける。まず冒頭から結論が登場してその後に推論により結論を肯定するという、科学者にあるまじき手法は絶対に容認できないね。はっきり言って悪いが、君には全く文章力というものが欠けている。

論文というものは、一・序論、二・実験手法、三・実験結果、四・考察、五・結論、六・

謝辞、という順を追って書かれるべきものと昔から決まっているのだよ。なのに君の論文は、一・結論、二・考察、三・謝辞、という構成を取っている。あんな論文を採用したのでは学会のこけんにかかわるのだ。だから、僕と西村さんは掲載を拒否した。当然だよ」

「あの論文の構成については、検討を重ねた結果、読者に最も判り易い構成として、ああなったもので、あれが最善の方法であったと今も考えております。黒田先生も同じ意見でした。掲載拒否された直後に黒田先生に相談しましたが、先生はそれならアメリカとイギリスへ出そうということで、それにしたがったままです。アメリカへ提出した論文も全く同じ構成を取っており、審査にあたったレフェリーからは斬新な構成を取ったことで、本来難解な内容が極めて判り易くなったと好評でした」

「アメリカのレフェリーとは誰のことだね」

「アメリカ流体物理学会の会長をしているマサチューセッツ工科大学のネルソン教授ですが」

「ふん。その教授あまり頭がよくないようだね。そんなつまらないレビューをして、あの論文は取り下げたほうがいいと思う。もし、あの論文が掲載されたら君は一生学会の笑いものになる。それどころか、研究者生命を失うことになるだろうね。悪いことはいわないからアメリカに送った論文は取り下げた方がいい。学会が一度掲載を拒否した以上、他の雑誌への投稿は諦めてもらわざるえない。学会に混乱を招くだけだし、君のその行動は僕と南極研の西村さんの審査結果を反故にしようという魂胆が明白で不愉快極まりない。

もしも、その論文が掲載された場合、我々は君を学会から追放せざるを得なくなるから、そのつもりでいてくれたまえ。黒田さんもなにを考えているのかしれないけど、博士課程を出て二十年も助手をして未だ学位を持っていない助手が九人もいるのに、理学部出身でなく、大学院も出ず、助手でもなく未だ二十七歳のただの公務員に博士号をやるわけにはいかないんだよ」

帰宅してから妻に報告した。

「寒地研の方はどうだったの。行って来たんでしょう」

「学会から追い出してやるとさんざん脅迫されたよ。学位もあげないって」

「日本の学会は閉鎖的なのよ」

「もう日本では研究出来ないかもしれない。論文発表も出来ないかもしれない。もしかしたらアメリカの陸軍へ行くしか研究の道は残されてないかもしれない」

「アメリカから招請されているの」

「アメリカ陸軍に通称コラールと呼ばれる寒地理工学研究所があって、雪シミュレーションの研究を始めたいから来てくれという手紙が来たよ」

「アメリカって研究しやすいとこなんでしょう。でもだいじょうぶよ、パパには黒田先生が付いているもの」

「ところが黒田先生、入院してしまって……」

「だいぶ悪いのかしら」

「友人の話しではどうもガンらしいって」


病床の黒田先生を見舞った。

「僕が君の学位の面倒を見ているのは、君が将来研究者として独り立ちしていくために学位が必要だという他に、もうひとつ重要な意味があるんだ」

ベッドに横たわる黒田教授の脇腹から、二本の細いビニールパイプがステンレス製のスタンドに下がる透明なガラスビンに繋がっている。

「正直言って、いまの雪氷学は中山教授が考えていたものとは大きくかけ離れてしまった。研究者は基礎研究のみにはしり、実用性を全く無視して単純明快な論理で片付く現象ばかりを追い求めている。寒地研の助手達なんか研究室にばかりとじこもって、現地の雪氷現象を見ようとしない。そのくせ学位だけは早くよこせと催促してくる。もちろん彼らにそれなりの実績があるのなら僕だって学位の授与に反対したりしない。しかし、四十過ぎたから学位をくれと言われても困る。学問は年功序列ではないんだからね。前野君や武田君は年功序列だと思っているようだけど。彼らが基礎研究においてもたいして実績を上げられない理由、それは実用研究をないがしろにして来たからに他ならない。僕がコラールへ客員として赴任した当時、彼らアメリカ人に学ぶことなどなにもなくて、一方的にこちらが教える立場だった。しかし、今はあらゆる面でアメリカの方が先を行っている。その原因は明白で、向こうは陸軍の研究所だから、常に実用研究がついてまわる。実用研究のための基礎研究が向こうの基礎研究なのに、寒地研がやっていることは、基礎研究のための、いや学位を取るための研究をしている。こんなことを三十年も続けていれば大きな差がついてしまうのは当然だよ。その点君の研究は実用研究から入って雪と活性白土の物理的相似性という基礎研究の新しい分野を切り開いたといえる。その意味で君の研究はまさに中山雪氷学を体言している。だから、僕は君の研究を大切に育てたいと思っている。そして僕は君を博士に推薦した。現在日本のオリジナルな研究でアメリカに先んじているのは、君の雪模型実験だけだ。それが彼らには気に入らないようで、君にもずいぶん八つ当たりしたようだ」

そして教授はその痩せたからだをいたわるように、一呼吸置いた。そして寝返りをうつと、まるで空虚に天井を見つめながら言った。

「でも、もうおしまいさ。僕はガンに侵されているようだ。医者も妻も否定しているけれど黄疸がでていることは自分でも分かる。これはまちがいなく肝ガンの症状だ。中山先生がなくなった時と同じさ。後二、三か月もすれば僕はあの世へ行ってしまう。君は中山雪氷学を正当に受け継ぎ研究を発展させてくれたまえ。僕はあの世から君を見守っているから」

「黒田先生がなくなってから論文発表も学会発表も出来なくなってしまった。役所の上司からは研究をやめて本来業務である行政部門へ移るよう言われているし、このままでは研究を諦めなくてはならない」

「全部寒地研からの圧力かしら」

「役所の話しは通常の人事異動で寒地研とは関係ないよ。アメリカへ渡るしか研究を続ける道はない」

「アメリカ陸軍からの招請の話ね。この研究を完成できるのは世界中でパパしかいないと思うわ。行政事務なんかパパでなくてもできるじゃない。アメリカへ行って自由に研究すべきよ」

「もしも僕がアメリカへ渡ったら君は僕について来てくれるだろうか」

「もちろんよ。夫の研究のためなら何処でもついていくわ、父も応援してくれるはずよ」そう言うと腕に抱えた二歳になったばかりの長男をあやしていた。四年前の話である。

その妻から数週間前電話がかかってきた。

「公務員を辞めた段階であなたにはもう未練はないわ。あなたは安定した収入と、退職金、年金以外に何の魅力もなかったのよ。親があなたを嫌っているから私は親に従うしかないわ。申しわけないけど、私にとってはあなたより親の方が大事なの、子供たちは私が立派に育てます。離婚届は今日提出しました」

親子三代に亘って女兄弟のみで育った妻と義母は、男の子にとって父親の存在がどんなに大切であるか分かっていないのである。心配なのは子供たちである。もの心ついた思春期にグレるのではないだろうか。女親には理解できない生理と心理が男の子にはあることを男兄弟を持たない愚かなる母親には理解できていない。

学位（博士号）の取得を反故にされ、妻に捨てられ、子供を奪われ、祖国にも捨てられ、逃げてきた。そしていまツンドラの空を飛んでいる。

レーダー、ターボチャージャー、近接信管、コンピューター、ハイオクタンガソリン、自動小銃、原子爆弾の開発に出遅れたことが大東亜戦争の作戦的敗因であることは政府役人・政治家なら誰しもが知っていることである。なのに先端技術の開発には未だに無頓着な祖国日本。〈あんな文系官僚が仕切る国になど、二度と帰るもんか〉と心に決めた。あと四時間で、ニューヨーク・ケネディー空港へ到着するというアナウンスを聞いてまた寝入ってしまった。

ニューイングランドに着いて

同行してくれた米軍女性大尉は私をニューヨークのポート・オーソリテイー・バス・ターミナルへ案内すると，ワシントンへ向け去って行った。

グレイハウンドのハイウェイバスはインターステート九十一号を北に向けて走り続けている。バスターミナルを出て既に五時間が過ぎようとしている。バスの一番前の右側の席に座っているから、正面と右手の景色は手に取るようによく見える。

私は初めてみるアメリカの光景に圧倒されている。エンパイア　ステートビル、ハドソン川に架かる巨大な吊り橋、摩天楼、それらが大正から昭和初期にかけて建造されたという事実がこの国の巨大さを感じさせるのである。こんな国と戦争して勝てるはずがないことも悟った。

マサチューセッツ州の絵はがきで見たようなニューイングランドの田園風景を見ながら、〈とうとうアメリカへきてしまった〉と日本を追放された悲しみと、自由の国アメリカへ着いた喜びが複雑に行き来していた。

先程インド人の家族であろうか、何台もの汚れた車を連ねて何かを叫びながら追い越していった。彼らも自由と平等を求めてこの国へ渡って来たのだろう。

ニューハンプシャー州ハノーバー、そこにアメリカ陸軍寒地理工学研究所、通称コラールがある。かつて冷戦の開始に当たって、マッカーサーは対ソ戦への備えとして北斗大学寒地研よりも軍事色の強い寒冷地研究所の設立を中山教授に依頼した。中山教授は翌年に渡米、研究所はシカゴ郊外の洗濯工場あとに開設された。一九五四年の出来事であった。この研究所には当然のことながら、世界中から俊英が集められた。ヘンリー博士もその一人である。その後、ニューハンプシャー州ハノーバーへ移転し、世界最大最高の研究レベルを誇る寒地研究所となった。

ニューハンプシャー州とバーモント州の境にある町、ホワイトリバージャンクションには、コラールの浜田博士の奥さんが出迎えてくれるはずである。

彼女は昨年札幌で開催されたシンポジウムに夫君と来てアメリカへ渡るよう勧めていった。

「田中さん、あなた、どうするの。このあいだヘンリー博士が家に来て『タナカを日本から招請したいが、どう交渉して良いかわからないので、アドバイスしてくれ』と言ってたわよ」

「はい、ヘンリーから打診されていますが未だ決めかねています」

「あら、なぜよ、アメリカはいい所よ。研究は自由にできるし予算も多い。日本の大学みたいに封建的じゃないし、もったいないじゃない。せっかくのチャンスなのに」

「でも、当面は非常勤（コントラクト・リサーチャー）だというし、将来ともアメリカに残れるという保証がありませんから」

「あらっ、あなた何ぜいたくなこといってるの。アメリカは研究者に最初から永久就職のポジションなんか与えないのよ。そんなことしているのは日本だけよ。正規の研究者になれるのは三十から三十五歳位で、それまでは非常勤として働くの。田中さんの歳を考えたら常勤研究者には未だ早いわ。でも、ヘンリーが言ってたけれど、あなたの研究能力なら二、三年内に常勤になれるでしょって」

「でも、アメリカには人種差別が未だにあると聞いていましたが」

「まあっ！　そんなもの科学者の世界にあるはずないじゃないの。ねえ、あなた、そうよね」

「昔は、ひどかったらしいけれどいまは本当になくなりました。科学者の評価は論文の数と質で決まります。アメリカの学会は完全にそうなっています。まあ田中さんもそう心配せずにアメリカに来なさい。ほら、此処にいる関先生も小松先生も面倒見てくれることになっているから」

先ほどから一つのテーブルを囲んで親しそうに話をしている同じコラールの日本人研究者である関、小松両博士も「私たちは差別なんて経験したことありませんね」と浜田博士の話にまったくその通りと言わんばかりに頷いていた。

グレイハウンドの大型バスはハイウェイを降り始めた。五十歳位の痩せた黒人運転手は、ハンドルを大きくまわしながら、口元のマイクで、まもなくホワイトリバージャンクションのバスデポ（停留所）に到着することを告げた。

ハイウェイから降りてすぐのところにバスデポがある。ホワイトリバージャンクションの街は典型的なニューイングランドの街であろうか。こぎれいな家並みが続いている。

バスデポに着いた。車体の下部につまれたスーツケースが外にだされるのを待つあいだ、浜田夫人をさがすが見当たらない。乗客の中で東洋人は私だけであるから、向こうからはよく見えているはずである。スーツケースを受け取りに出口へ向かおうとした時、人垣の向こうで、小さな手が振られているのが見えた。そしてすぐに小柄な浜田夫人が人垣を押し退けて現れた。

「ご苦労さん！　地球の裏側まで大変だったでしょう。今日はうちでゆっくり休んでいいわよ」

日本から持って来た大きなスーツケースを浜田夫人の古いダッジのトランクに入れると
「少しそのあたりをドライブしましょう。この辺の地理を知らなくてはねえ」と車を滑らせた。

ダッジはホワイトリバージャンクションからコラールのあるハノーバーへ向かう。いくつかの丘を超えて十五分ほどでハノーバーの郊外へついた。清楚な街である。

「最初にダートマスカレッジを見ましょう。ダートマスはアイビーリーグの名門校で二百年以上の歴史があるのよ。最初はインデイアンを教育するための学校だったの。ダートマスへはいるためには高校の成績がすべてAクラスで、しかも、お金持ちでなくてはねえ。年間二万ドル位かかるかしら。アイビーリーグは何処もそうよ」

「アイビーリーグというとエールやハーバードなどの東部の名門校のグループですね」

「そう、此処の教授はアメリカでは一流で、その教授たちの子供たちが通う、ハノーバーハイスクールは全米でも有数の名門校なの」

そんな会話を交わしているうちに黄色く錆びたダッジはダートマスのキャンパスを走っている。

確かに何百年も経っていそうな石造りの教会や校舎が並んでいる。学生たちも育ちのよさそうな顔をしている。


「この右手が新しく出来た図書館、向こうが体育館、左の広場はグリーンといってアメリカの街には必ずこういう広場が中心にあるの。ダートマスはどちらかと言えばサイエンスとエンジニアリングは弱いわ。MITやプリンストンに較べると科学部門はかなり落ちるわね」

ダッジはメデイカルスクール(医学部)の大きなビルの横を通り過ぎ、一本道を北へ向け走っている。

「もう少しでコラールよ。あと五分位かしら」

まだ八月の末だというのに、町を囲む丘の頂上付近にわずかに紅葉が見られる。左手には幅百メートルほどの川が見えて来た。

「あの川はコネチカットリバーといって、ニューハンプシャー州とバーモント州の境になっているの。ほら、コラールが見えて来た」

通称コラールと呼ばれ、世界で最高の研究レベルを誇るアメリカ陸軍寒地理工学研究所が見えて来た。レンガ作り二階建ての大きな建物が三棟、そして奥のコネチカットリバーの方にさらに大きな銀色の建物が見える。中央の大きな建物の玄関前には花壇がある。玄関前の中央に二本のポールが立ち、星条旗と工兵隊の旗がひるがえっている。正面玄関の上部一階と二階のあいだの外壁に大きく、
US ARMY CORPS OF ENGINEER COLD REGIONS RESEARCH AND ENGINEERING LABORATORY と書かれている。その研究所の前をゆっくりとダッジは通り過ぎ、浜田博士宅へ向かった。

「田中さんも日本の学会を追い出されて来たのね。聞かなくても分かるわ。私たちもそうだったもの。中山先生が北斗大退官後コラールへいらっしゃるというので、私たちはこちらへ来る準備を始めたのよ。ところが準備を終えたところで中山先生は急死してしまった。中山先生が亡くなると、学会は反中山グループに支配されて、私たちは行き場所がなくなってしまったわ。結局此処へ来るしか道はなかったのよ。好きで来たんじゃないのよ。でも、こちらへ

来て驚いたわ。給料が三十倍になり、車を持つことがで来た。主人がコラールのマネジメントに顕微鏡を欲しいと言ったら、電子顕微鏡を買ってくれたわ、日本の研究環境とは雲泥の差よ。おかげで主人は好きな研究を続けることがで来たし、私も自由に絵を描いたり書道を教えたりしてるわ。結果として自分には良かったのかも知れない。日本に捨てられて光栄だわ。はっきり言って私は日本が嫌いよ。日本が戦争に負けたから、私たちはこうしてアメリカに渡れて、自由に研究が出来るのよ。負けて良かったのよ、あんな国。田中さんも気を落とさず頑張ることね。道具は使いようと言うけれど、アメリカも使いようよ。さあ、もうすぐ家に着くわ。私たちの家はこちらへ渡って来てすぐ買ったの。当時は三万ドルで買ったのだけれど、いまは十一万ドルもするんですって。田中さん、あなたもこちらに永住することになったらまず家を買うことね。ハノーバーの街はダートマスがあるおかげで、不動産が一番確実な投資みたいね」

まったく浜田夫人の言うとおりだと思った。自分も日本に捨てられて此処へ来たのである。あんな国、戦争に負けてよかったのだ。

浜田博士宅は典型的なハノーバーの住宅街にある。いわゆる、ケープコッドとよばれる建物である。外から見ると大きなファイアープレース（暖炉）のレンガを積み上げた煙突が、屋根の上まで伸びている。ガレージのドアはリモコンで、車の中から自動的に開けることができる。

「さあ、此処で降りてよ。車をガレージに入れなくてはならないわ」

ダッジのトランクからスーツケースを取り出し、ヅルヅルと正面玄関へひきずる。浜田夫人が家中からドアを開けると、ダックスフントが飛び出してきて元気よく私にまとわりつく。

「フィーリクス！　だめよ！　お客さんを驚かせちゃ。あっちへ行きなさい」

フィーリクスは素直に居間へもどると、ソファーの上に飛び乗り、きちんと正座している。

「田中さん、地下に長男の部屋が空いているから使っていて。もう少しでハズが帰ってくるから。そうしたらデイナーにしましょう」

地下室の六畳間ほどの部屋に入る。いかにもこの間まで若い人が生活していたかのように、ミニスカート姿のマドンナのポスターが張られ、天井には大きな飛行機のプラモデルが下がっている。スーツケースを部屋に入れると、そのまま何もせずにベッドに横になった。〈とうとう来てしまった〉と一月前のことを思い出していた。

夜空を見上げていた。そこには北極星が北の頂点に輝いていた。〈本当にあの方角の地球の裏側まで自分は行ってしまうのか〉あの時は信じられなかった。そして、そんなところへ行かなくては研究を続けることができない自分が悲しかった。

それから、晴れた日には毎日のように夜空を眺め、北極星を見つめていた。時々中空を流れ星が過ぎていった。

〈本当に北極星のこちら側へ来てしまった〉と少し疲れがでて来たのか眠りそうになった時

である。ドアでフィーリクスがほえている。そして、「田中さん、夕食ですよ」という夫人の声が聞こえて来た。

ダイニングルームへ行くと、テーブルの上には幾つかのディッシュが並び、浴衣に着換えた浜田博士がすでに席についている。

「どうでした。二十四時間の旅はつかれたでしょう」

「はい、ニューヨークからのバスの中はほとんど寝ていました」

「さあ、食事にしましょう。今日はせっかく田中さんの歓迎会ですから、ローストビーフを作ってみたわ。日本ではあまり食べられないでしょう。ワインはカリフォルニアの一番いいのを買って来たわ。それから、コープにツナのいいのがはいっていたからお刺身にと思って買って来たわ。どうぞ召し上がってください」

「わざわざ申しわけありません」

「いいのよ、アメリカは食料品が安いから。そうそう、それからアメリカのお米も食べてよ。このお米は国宝ローズと言ってカリフォルニアで採れるの、日本のお米よりもおいしいかも知れないわ。少なくとも北海道のお米よりはおいしいわよ」

夫人が料理の説明をしているうちに二十七、八歳の青年が席に着いた。

「田中さん、紹介するわ。次男のマモル。いま家にいるの。仕事が決まるまでだけど」

「初めまして。田中です。どうぞよろしく」と挨拶する。

ところがマモルというその次男はなんの挨拶もせずにフォークを口にはこんでいる。

「ご免なさいね。田中さん、マモルは日本語が話せないの。気になさらないでね」

ソファーの上からフィリックスが吠えると、マモルはローストビーフを一切れ投げて与えた。

その日は結局日本食の話に終始した。アメリカに二十五年住んでいても、なかなか日本食への郷愁は断ち切ることが出来ないようである。

「日本からお客さんが来るといつも食べ物の話しになってしまうの。こちらでは、日本食はなかなか食べられないもの」

「そうだ、僕土産を持ってきました」

と私は部屋へ戻ると包みを持ってきて夫人に渡した。

「あらっ！　塩ウニ。それもこんなにたくさん。私は小樽に産まれ育ったから、こういうの大好きなの。こちらの料理に使えば面白いかも知れない。私、何か料理を考えてみるわ」

ウニが話題になって会話が続く、しかしマモルは無言のまますばやく食事を終えると、さっさと自分の部屋に引き上げてしまった。そしてまもなく「今日はこれくらいにしておきましょう。田中さんは疲れているでしょうから、ゆっくり休んだらいいわ」

と夫人がお開きにした。

私はそのまま部屋へ戻り、何も考えずに眠ってしまった。ワインのアルコールが疲れた体に効いたのである。翌日、早めに目が醒めた。私は浜田氏宅の近所を散策してみた。綺麗な街である。歩いて十分位のところに水源地があり、そこの林がハノーバータウンの公園になっていた。おそらく昔はコネチカットリバーの一部を形成していた沼であろう、腹にストライプのはいったウグイのような魚が群をなしていた。

その日は浜田夫人が主催する日本語教室へついていき、町の夫人たちと雑談して帰宅した。浜田夫人はこの町では名士である。夫人は日本画、書道、華道、油絵、日本料理の教室を持っている。これらの教室からばかにならない収入があるそうである。

この日のディナーの時もマモルは無口であった。この男は無口というより、自閉症に近いのではないかと私には思えた。

「早速あのウニをつかってみたわ」

夫人はムール貝をワインで蒸し、ウニをそえた。そして、

「今晩関さんのお宅へ挨拶に行こうと思っています」

と私が切り出すと、何故か気まずいムードがテーブルを覆った。それは、なんと言ったらいいのだろう。テーブルの上から和やかな雰囲気が蜘蛛の子を散らすようになくなってしまったと言ったほうがいいかも知れない。その白けかたはマモルの陰気さすら、まるで正常であるかのように見える異常さを秘めていた。

夫人が手にした箸を置いて言った。

「田中さん、いいんじゃない、べつに挨拶に行かなくても」

「でも、これから何かとお世話になることですし」

「本当にお世話になるかしら。私はあまりすすめないわ」

「まあ、あまり長居しないことですね。関さんも小松さんも人付き合いは苦手なようだから」

浜田博士も消極的である。


食事を終えて、日本からのお土産を持ち関博士の家へ向かった。浜田夫人に聞くと歩いて五分ほどのところである。ところが目当ての家の近くに着いているはずなのだが、関氏宅が見当たらない。こちらの家はメイルボックスに名前を書いて表札代わりにしているが、一軒だけ名のないメイルボックスがあった。どうもこの家らしい。その庭の中を覗くと、日本庭園につかわれる石灯篭がおいてある。この家に間違いないと考え正面玄関のドアをノックした。

「イエス」という日本女性らしい声がした。そして、関夫人がドアの隙間から顔を出した。しかし、それはドアを少しあけて覗き見るといった、まるで怯えているような仕草なのである。

「札幌の学会で関先生にお会いした田中です。昨日こちらへ着きましたので挨拶に来ました」と告げると、夫人は少し表情をやわらげドアのチェーンを外した。そしてドアは大きく開けられた。

「田中さん、こちらへどうぞ。主人から話は聞いていますわ」

と夫人は私をファイアープレースの前の大きなソファーに案内した。

夫人は背の低い典型的な日本夫人という風情で、髪はもう大半が白くなっている。そして、その髪を後ろに束ねている。話し方はいかにも清楚であるが何故か寂しさをただよわせている。

「やあ、久しぶりですね」

と関博士が二階から降りて来た。古いズボンに古いシャツを着て不自由な足をひきずりソファーに腰を降ろした。

「どうです。疲れたでしょう」

「はい」

「ついこの間まではＪＦＫ（ケネディー空港）から隣のレバノンの町の飛行場まで直行便があって便利だったのだけれど、いまは一度ラガーディアの空港へ出て、そこからボストンへ行き、そのあとレバノン行きに乗るという面倒なことになってしまいました。今はニューヨークからバスで来た方が楽かも知れないですね」

頭は禿げ上がり、ぶ厚い眼鏡をかけ、見た目に陰気そうな雰囲気をただよわせている。

「黒田さんは惜しかったねえ。まだ六十代だというのに亡くなってしまって。君は黒田さんの教え子だってねえ」

「はい、黒田先生のご自宅で中山雪氷学を教わりました」

「うーん、中山雪氷学ね。僕も中山先生の弟子の一人だけれど、黒田君の教えた中山雪氷学というものがどういうものか興味のあるところだねえ。そのうち聞かせてもらうことにしよう」

とテーブルに出された湯飲みをすすった。

その時私は何か高圧的で暗いものを感じていた。

札幌で会った時の温和な関氏とは印象が違うのである。

「これはつまらないものですが。日本からのおみやげです」と塩ウニを差しだした。

しかし、「どうも」とにべもなく受け取り、後の話しは何か白けてしまった。関博士宅には三十分もいたであろうか。

浜田博士宅へ戻り、ベッドにもぐり込もうとした時である。

「タナカさん、レストルーム（トイレとシャワーと風呂が備えられている）の電気消してくださいね」

と日本語を全く話せないはずのマモルが変なアクセントで突然言い放った。

「はい分かりました」と身に覚えのない言い掛かりを受け入れた。どうもマモルは私のことが気に入らないらしい。昨日も「シャンプー使ったら戻して下さいね」とまるで姑女の嫁いびりみたいなことを言っていた。

それも、まのぬけたアクセントで言うから、まるで漫才師のギャグのようにおかしかった。

〈明日の夜は小松博士の家を訪問しようっと〉と考えながら、寝入ってしまった。


翌日はアパート捜しに出かけた。いつまでも浜田博士宅に居候しているわけにはいかない。マモルにも嫌われているようだから早めに出ることにしよう。

地元新聞を見ると、アパートがたくさんリストアップされている。不動産屋に電話してみた。ハノーバーからインターステートハイウェイ八十九号を北上して二十分位の所のクイッチーという村にある小さなコテージである。いつもなら絶対に私と同乗しないマモルがそのクイッチーという村へ行く時夫人の黄色いダッジに乗り込んで来た。

「八十九号を北上して二十分ほど行けば右手にサインでているよ」

何故かマモルのことが気になっている。この二十七歳の男にはマザコン臭いところがある。長いアゴヒゲを生やしてロングヘアーである。その細面の顔から何か精神障害を持っているかのような雰囲気がある。車は八十九号を走り続ける。

「田中さんは本当にクイッチーに住むの。あそこは高級なリゾートよ」

「本当ですか」

「ええ。この辺りでは、一番のリゾートよ。ニューヨークやボストンのお金持ちのコテージがたくさんあるわ」

「家賃高いんじゃないですか」

「そうね、高いけれど、でもそこしかないから仕方ないじゃない」

どうも浜田夫人は今日でアパートを決めてしまいたいらしい。

車の右手に綺麗に開発された小さな盆地が見えて来た。アパラチア山脈北部の氷河地形特有の低い丘陵地帯が続き、所々に湖が見える。その丘陵の尾根にはコンドミニアムが連なり、明らかに別荘地であることを示している。

「あそこがクイッチーよ」

少し高いところを走るとクイッチービレッジの全景を見ることができる。コンドミニアムに覆われた丘陵地形の下の方には幅二十メートルほどの川が流れ、その両側にはゴルフ場が広がる。これはいかにも高級なリゾートである。

小さな木造のグロッサリー（雑貨屋）のある十字路を曲がった。少し急な坂を降りると屋根のついた橋がかかっていた。

「田中さん、珍しいでしょう。屋根のついた橋なんてこの辺りにはよくあるのよ。オーバーブリッジっていうの」

そこの突き当たりを曲がると、商店、お土産屋、ガラス工房、郵便局が並び、さらに行くと左手に大きな赤い建物が見えて来た。農家の納屋を改造した木造四階建ての建物である。その脇にジェームソン　リアルエステートと看板が出ている。

「ああ、此処だわ」

マモルは車に残り、夫人とふたりで中に入った。

「ハロー」と夫人が声を掛けると、奥の部屋から太った白髪の男がでて来た。ずいぶん角張った顔をしている。

「さっき電話をくれた日本人というのは君たちのことかね」

「そう、私たち」

型どおりの挨拶を交わすと早速目的の家に案内された。木造二階建て三ＬＤＫの小さな別荘造りの家である。中に入ると二階は全て居間になっていて三十畳ほどの広さがある。その居間の隅にはレンガを積み重ねたファイアープレースがあり、鋳物製の重そうなストーブが置いてある。

「あなた家具付きで月五百ドルは絶対に安いわよ」

ベランダから外を覗くと居間と同じ位の広さのテラスがあり、その隅にバーベキュー　グリルが置かれている。さきほど車から見た美しい湖を反対側から眺望できる所にこのコテージはある。

「此処の紅葉はアメリカでも有名なのよ」

「そうですね、此処に決めましょうか」

「そうしなさいよ」

「それじゃあ荷物は明日運びましょう」

と勝手に決められてしまった。

その日はいつものように浜田夫妻とマモルとテーブルを囲みクウイチーに借りた家のことなどを話題にして、小松博士の家へ挨拶に行った。

小松博士の家も歩いて三分ほどの所にある。家はすぐに見つかった。どういうわけか家の前にお地蔵さんがある。


ノックをすると愛想の良い日本女性にしては背の高い夫人が現れた。

「札幌で小松先生に会いました、田中ですが」

と挨拶するが、夫人は気が進まないのか、家の中へは案内せずに玄関で立ち話するだけであった。そして、日本からのお土産を渡して退出した。何か気まずいものが残った。

浜田氏宅へ戻り明日の引っ越しに備えてスーツケースに衣類をまとめ、日本から新たに届いた段ボール箱を整理していると、誰かがドアをノックした。マモルである。

マモルは手にジョニーウオーカーの取ってのついた大きなボトルを持っている。マモルはたどたどしい日本語で、

「ニッポンノコト、オシエテクダサイ」と言った。

「日本のことってどんなこと知りたいの」

「ニッポンノ、ダイガクニツイテ、シリタイデス。ワタシ、ニッポンノ、ダイガクニハイレマスカ」

「マモルさんの場合すでにアメリカの大学を卒業しているから、大学院の修士へ入ったらいいと思います。ただアメリカの大学と違って、日本の大学はパートタイムワークを用意してくれないから、お金は自分で用意しなくてはなりません」

「マネー、イクラカカリマスカ」

「年に一万ドル位かな」

「ワタシ、ナショナリティー、アメリカデスガ、モンダイ、アリマセンカ」

「留学生として入るわけですから問題ありません」

マモルは一歳の時、兄のヒデキと共にこの自由の国へ来た。だから、日本のことは何も覚えていないという。マモルが日本のことを意識するようになったのはキンダーガーテン（幼稚園）へ入学した五歳の時であった。それまで、家の中で両親の日本語の会話ばかりを聞かされていたから、英語の会話についてゆけず、まわりの子供たちが自分のことをスカンキー

と呼ぶその意味が分からなかったという。「スカンキー」と呼ばれ、しばらくしてジャップと呼ばれるようになったという。

兄のヒデキも同じことがあったけれど、ヒデキは元々強い性格だったし、体格も良かったから、かえってガキ大将になり、地元のハイスクールに入り優秀な成績でプリンストン大へ進んだという。今はゼネラルエレクトリックでジェットエンジンの研究をしている。しかし、マモルはいつも苛められっ子で、なんとか隣の町の三流高校へ入学したが、結局そこもドロップアウトして一年遅れてやっと卒業したという。

大学はニューヨーク州の三流大学を七年かけて卒業したという。

「マモルはアメリカが嫌いなの」

「モシ、ワタシガ、ニッポンニイレバ、コンナコトナカッタトオモイマス」

と言う。

「ワタシガ、ダイガククオクレタノハ、ドラッグト、アルコール、ノミスギタカラデス」とも言う。

彼の両親はただ兄のヒデキを見習いなさいと言うだけであった。

「僕はいつもマモルに叱られるけど、そう昨日もレストルームのライトを消していないと叱られたけれど君は僕のことが嫌いかい」

マモルは私の少し露骨かもしれない質問に少し顔をこわばらせた。

やはり、気の弱い男なのである。

「ソノワカサデ、ダドーノケンキュウショニ、キタンデスカラ。ワタシハ、マダ、ニューハンプシャーノ、エンジニアシケンニモウカリマセン。ワタシ、ヒデキノヨウニ、アタマ、ヨクナイカラ。デモ、モシモ、ワタシ、ニッポンニイタラ、ヒデキヤ、アナタノヨウニ、ナレタノデハナイカッテ、オモウノデス」

「僕は成功してこの国へ来たのではないよ。日本から逃げて来ただけさ。自由に研究できる場所を求めてアメリカへ亡命したんだ。共産圏からアメリカへ亡命する芸術家、運動選手、科学者は多いけれど、僕もその一人さ。このまま僕も日系アメリカ人になって一生を終わるのだと思う。マモルさんは一歳でアメリカ人になったけど、僕は三十三歳でアメリカ人になる。ただそれだけの違いさ」

「デモ、トシヒコハ、チガイマス。トシヒコハ、ジブンノイシデ、コノクニヘキマシタ。ボクハ、オヤノイシデ、コノクニヘキマシタ。ワタシ、ジシンアリマス。モシ、ニッポンニイタラ、ドロップアウトニナラナカッタト。ナゼナラ、オジイサンハフタリトモ、ニッポンデハチカラノアルヒトデシタ。オジイサンニタスケテモラエバ、スクナクトモ、フツウノイキカタハデキタノデハナイカト、オモイマス。ボクモ、アニモ、コノクニデハ、ショセンジャップナノデス」

「マモルさんはこれからどうするの。もしも日本の大学に行きたいのなら、僕も日本の知り合いの教授に手紙を書いて頼むけれど」

「トシヒコ、ワタシユメガアリマス。ピース・トループ（平和部隊）ニハイッテ、インドへイキマス。オリエントヲベンキョウシタイノデス。ソレカラニッポンへイキマス。ソノホウガジブンノソコクヲ、ヨクミルコトガデキルトオモウノデス」

私は驚いた。一歳で移民させられたマモルが、日本のことを自分の祖国と言う。これはどうしたことだろう。全く理解できないことである。何故なら彼の祖国はアメリカ以外にないはずだからである。

自分はこれからアメリカ人になろうとしているのに、二十六年前アメリカ人になった、日本のことなど何も知らないマモルが日本を祖国だと言う。その祖国を私はつい数日前に捨てて来た。

米陸軍寒地研究所へ初出勤

今日はこの国へ来て初めての出勤である。まさか、アメリカへ来て出勤するなどということは十年前北海道開発庁に入った頃は考えてもいなかったことである。

浜田氏宅から研究所までは歩いて五分程である。家から出ると広いグランドがあり、そこを斜めに横切り四号線という道を横切ると研究所の入り口である。

ステンレスのシャーシに厚手のガラスを嵌めただけのドアを開ける。三十フィート四方ほどのロビーがあり、その向こうに受け付けのカウンターがあって、若い白人の娘が座っている。ロビーに置かれた椅子の脇を通って受け付けカウンターへ向かい、ヘンリー博士へ面会を求める。

「ヘンリー博士にお会いしたい」

「どちら様でしょうか」

「日本から来た田中と言います」

「あらっ、ヘンリー博士から話は聞いているわ。トシヒコ・タナカさんね。私はモーリーよろしく」

受け付けの白人娘がヘンリー博士に電話した。

「そこの椅子で少し待っていて。ヘンリー博士が迎えに来るわ」

ロビーの壁にはオリエンタルウィークと書かれ、中国やら日本の人形が飾られている。その壁に向かっていると後ろから呼ぶ声がした。

「ハロー、ミスター・タナカ、ウェルカム・トゥー・アーミー」

白人にしてはずいぶん背の低い男が立っている。髪は赤毛で目はブラウン、小柄だがガッチリとした体つきをしている。両手を大きく広げそしてその両手で握手を求めて来た。体の割にはずいぶんと大きい手をしている。

「僕の部屋へ案内するよ」

ヘンリー博士は自分の部屋に向けスタスタと歩いていった。私はロビーから研究棟へ通じる廊下をついて行った。長い廊下の左手は一般事務のためのオフィスとなっており、右手の壁には歴代研究所長の写真が大きな額に入れられて並ぶ。所長は全員陸軍大佐である。廊下のちょうど中程にエレベーターがあり、ヘンリー博士はそのエレベーターのボタンを押した。ゴトゴトとエレベーターが動きだし、随分ゆっくりと時間をかけて降りて来た。ドアがゆっくりと開くと、ヘンリー博士は先に私を乗せて自分も乗り込んで来た。ドアがゆっくりと閉まると、またゆっくりと上がっていく。

二階の、エレベーターからでた正面が彼の部屋である。ドアから出るとジャスミンの香りが辺り一面に漂っている。彼の部屋に入る。やはり同じ香りが漂い、窓からは芝生に覆われた広い庭とその向こうに大きな二階建てのレンガで外壁を作られた百メートル四方ほどの建物が見える。

「日本からの旅は快適だったかい」

「はい、成田から陸軍大尉の人が同行してくれたので、大変助かりました。迷うことなくここにたどり着くことが出来ました」

「それはよかった。僕も何度か日本を往復しているけれど、十三時間も飛行機に乗りっぱなしというのは本当に疲れるね。ノンストップ便よりアンカレジで給油する便の方がひと休み出来て楽かもしれないね。タナカはノンストップで来たのかい」

「はい、ちょうどアラスカの上空で眠ってしまいました」

「僕はなるべくアンカレジで給油する飛行機を使っている。今週はゆっくり休んでくれたまえ。来週研究の打ち合わせをすることにしよう」

私はヘンリー博士に会ったら聞こうと思っていたことがある。

「ヘンリー博士はイギリスから渡って来たと聞きましたが」

「僕はバーミンガムの工科大学を出て、オーストラリアの南極観測隊に加わり、南極で吹雪の研究に従事していた」

「僕はヘンリー博士の論文をたくさん読ませて頂きました。特にメルボーン博士とヘンリー博士が共著で発表した、南極バード基地吹雪プロジェクトのリポートは大変参考になりました」

「あの論文はトータルな吹雪研究論文としては世界で最初のものだと思います。あの研究は最初南極バード基地の建物を吹雪から守るための研究だったのですが、途中で、面倒だから基礎研究までしっかりしてしまおうということになって、結局フィールド吹雪のほとんどを解明することになってしまいました。特に吹雪の理論化はバードプロジェクトで完成してしまいました。あれでフィールド吹雪の研究は完成しました。なのにまだ重箱の隅をつつくようにフィールド吹雪の研究論文を僕が編集委員をしている雑誌に投稿してくる研究者がいる。言いづらいけれど、日本の研究者に特に多いようだ。北斗大寒地研のマエカワなんか特にその傾向が強いね。そんな時、僕は、その研究は二十年前に終わった研究で、オリジナリティに欠けるから採用できないと拒絶することになるが、その様な時に決まって反論してくるのは、これは日本の吹雪で南極の吹雪とは違うと言ってくる。確かに測定する場所は違うけれど、吹雪の物理的メカニズムが南極と日本で異なるとは思えない。もしもメカニズムが違うのなら、そのことを実験的に証明しなくてはならない。それに測定方法もお粗末極まりない。日本から吹雪の論文が送られてくるたびにうんざりだよ」

と博士は両手を広げた。

「フィールド吹雪の研究は二十年前に完成した。今度はその吹雪の研究を実用化するための模型化が重要なんだ。コラールが必要としているのはそれだ。君をわざわざ日本から呼んだのはそのためなのです」

ヘンリー博士は私の目をじっと見つめてそう言った。「ミスター・タナカ、今日から君のことをトニーと呼ぶことにしよう。こちらではニックネームで呼び合うのが普通だからね」

しばらくして黒人の女が迎えに来た。

「ミスター・タナカ、紹介しよう。君が所属する氷工学研究部門にいるジャニスだ」

ヘンリー博士がその黒人女を紹介した。

慎重は百七十センチほど、スラリとしたスタイル、長形のフェイス。長めの鼻筋に切れ長なややつり上がった目がのっている。

ジャニスと一緒に私のデスクを用意してあるという氷工学研究所へ向かう。

最初に氷工学研究部のボスを紹介するという。

ボスはフランク　ダーキンというドイツ系アメリカ人で氷工学の分野では世界的に有名な男である。私はヘンリー博士の下で働くものと思っていたから意外であった。ボスのドアをジャニスがノックした。

「カムイン」と明快な声が戻って来た。背の高い痩せ過ぎずの男が窓の前の大きなテーブルに腰掛けている。頭はいわゆるＧＩカット、両端のつり上がったブラウンの眼鏡を掛け、一見してゴルフ用と思われるパンツとシャツを着ている。その男は人なつこそうに握手を求めて来た。その手を握り返すと、テーブルの前の椅子に座れと言う。窓や壁にやたらと飾られた日本人形やら浮世絵の紹介を始めた。日本からお客さんが来る度にこうしてお土産を持って来てくれるのだと言う。

「さあ、トニーのオフィスへ案内しよう」

ボスはジャニスと共に部屋を出ると、廊下を挟んで向かい側のオフィスに入った。そこには四十前後と思われる男が二人座っている。

「ストームそれとベッカー、こちらは今日からこの部屋で仕事をすることになるミスター・タナカだ。アメリカは初めてだから何かと面倒見てやってくれたまえ」

ストームが握手を求めてくる。ストームといえば、あの氷内部における熱対流の研究で有名な科学者である。

〈やはりこの研究所は世界で最高の研究所である〉と納得してしまう。世界的な研究者がその辺にゴロゴロいるのである。

「トニー、ちょうど今日コラールツアー（コラール見学会）があるからツアーに参加して、コラールを見学したら」

ジャニスが勧めた。

この世界的な研究所では週に一度希望者に所内を公開している。そのツアーは午後二時にスタートする。

まるで、体育館が四棟も入りそうな大きな低温実験室、この実験室は大型構造物の実験に用いられるという。そして、地下二十メートルまで凍らせることができるという長さ百メートル幅三十メートルの永久凍土実験室、長さ五十メートル、幅四十メートルの大きな低温プール、このプールでは北極海で使われる砕氷船の研究を行うという。ツアーの終わりは図書室である。コラールの図書室はアメリカ国会図書館の一部を形成し、世界中の寒冷地研究に関する情報が集まる。図書室を出て一階に降りると正面ロビーに戻った。

研究室へ戻るとベッカーとストームはもう帰宅したのだろうか、部屋の中はガランとして空虚である。ストームのテーブルの上のミッキーマウスの置き時計を見ると既に午後四時を指している。ボスの秘書がドアに立っている。

「トニー、ジェフが待ってるわ。ボスにクイッチーまで送るよう頼まれたんですって」

そのジェフという二七、八歳の男が左手にリュックサック、右手にバッグを持って現れた。背丈は百八十センチほど痩せぎすで北欧系かイングランド系か分からない。そして、型通りの挨拶と自己紹介の後。

「もう帰る時間だよ。僕もクイッチーに住んでいるから、ちょうど良かったね」

ジェフはスタスタと歩いていく。たった一台駐車場に残っていたボルボに乗りクイッチーへ向かう。

「トニーは日本の何処の出身」

「僕は北海道の札幌という町の出身だよ」

「それは大きな町かい」

「人口は百八十万位、周辺の町村まで含めたら二百万位、アメリカで言えばボストンかサンフランシスコ位の大きさかな」

「それはかなり大きな町だね。僕はコーネルを出てからサンフランシスコで働いていたことがあるけれど、札幌もあれ位大きな町なんだね」

「ジェフはコーネルを出ているの。コーネルと言えばアイビーリーグの名門だね、日本でも有名だよ」

「コーネルはいい大学さ。教授のレベルは高いし、研究レベルはかなりのものだよ。コラールとは偉い違いさ」

ジェフがコラールを卑下するのを聞いて意外に思った。

「でもコラールは世界でも最大最高の研究所だろう。まさかコラールの研究者が大学の研究者に劣るはずはないと思うけれど」

「研究者のレベルはかなりのものだと思う。問題はマネージメントのレベルさ。トニーもそのうち分かる時が来るよ」

と皮肉に笑った。しばらく走ってボルボはクイッチーの家の前に着いた。

「それじゃあ明日六時に迎えに来るよ」

「そんなに早く来るの」

「トニー、此処はアメリカでコラールはフレキシブルタイムを採用しているから、みんな朝早く出勤して午後は早く帰宅して、庭の手入れとか家の修理に時間を使うのさ。それにボスは六時半に来てその日の仕事の打ち合わせのためのコーヒーブレイクを七時までもつ。トニーもボスのフレキシブルタイムに合わせた方がいいよ。彼は面倒見る人は徹底的に見るけれど、少しでも気に入らないと突き放してしまうからね。特別の理由のない限り、みんなボスに合わせている。彼は職員の採点票を持っているからバツをつけられてワシントンへ送られたらすぐ首だよ」

「日本では何時に出勤していたの」

「九時から五時までが勤務だった。日本ではそれが普通かな。日本ではフレキシブルタイムを採用している職場は少ないよ。でも先のジェフの話だとコラールのフレキシブルタイムはボスのためのフレキシブルであって、他の職員には別にフレキシブルではないように思えるけれど」

「そういうこと。僕の同僚もそう言っている。でもボスの機嫌をそこねていいことはないからね。研究所とは言っても基本は軍の組織だからね。それじゃあ明日の朝ね」

とボルボは走り去った。

その日は初日の疲れもあり、早めにベッドに入った。

翌朝カーテンを開けてみると、それまで窓際で鳴いていたブルーの鳥が飛び立っていった。手早くシャワーを浴び居間へ上がると、ベランダからクイッチーレークへ至る緩い傾斜の林から陽が差し込み、居間の床に木の葉の陰を投げかけていた。簡単な食事を終えると、ちょうどジェフが迎えに来た。

「トニー、郵便局へ寄っていくよ。君もこれから世話になるから郵便局のジョンを紹介しておくよ」

ボルボはクイッチーの小さな郵便局の前に停まった。

「アメリカでは郵便局の人と親しくしておくと何かと便利なんだ」

「グッド・モーニング」

奥の小さな窓口から声がした。

「ハイ、ジョン今日は何か届いているかい」

「封筒が一つきている。ミズーリのお母さんからだよ」

「ジョン、紹介する。ミスター・タナカ、トニーと呼んでいいよ。日本から来た科学者で、雪の研究者だ。三十モーガンロードに住んでいるから何かと面倒見てやってくれよ」

「オーケー、まかしておけよ」

五分程で郵便局を出てコラールへ向かう。

「トニー、コラールへ行く裏道を教えておくよ。トニーも車を持ったらこの道を通ればいい。もうすぐ紅葉がすごく綺麗になるから。此処ニューイングランドはアメリカでも美しい紅葉で有名なんだ」

会う人全てがみんな同じ事を言う。アメリカで最も美しいところだと。

六時半から朝のコーヒーブレイクが始まった。コーヒールームには既に十人ほどの研究者が集まり、ボスを中心に仕事のこと、昨晩のニュースのことなどを話している。大統領が連邦職員全員に麻薬検査を行うと発表したことが話題の中心になっていた。この研究所でも検査の前に何人かが辞めるかも知れないということである。コーヒーブレイクの後、部屋に戻るとジャニスが来た。ジャニスはその黒みがかったピンク色の手に白いコーヒーカップを持ち、この町のこと、自分が住んでいるアパートのことを話しはじめた。そして、

「トニーは、日本の何処で生まれたの」

「僕は日本の一番北の島、北海道の札幌」

「あらっ、札幌というと、オリンピックのあった町じゃない。あれはいつだったかしら」

「一九七二年」

「ああそうだ、私が日本からアメリカへ渡ってきてしばらくしてからだった」

「ジャニスは日本にいたことがあるの」

「私は日本で生まれて五歳まで日本で育ったの」

「何処で、生まれたの」

「イワクニで生まれて、幼稚園は日本の子供たちと一緒で、そのころは日本語をペラペラ話していたんですって」

「でも米軍の家族は基地の幼稚園に通うんじゃないの」

「私は違うの。小さい時、母の実家に預けられていたから。……私の母は日本人なの」

〈まさか〉と思った。ジャニスはその体型といい顔つきといい日本女性の面影はない。黒人女性特有の艶のいい黒い肌、まさかこの子が日本人とのハーフだとは。

「それじゃあ、未だ日本語を覚えているんだね」

「みんな、忘れちゃった。アメリカへ渡って来た時、小学校の先生が英語を覚えさせるために、日本語を話さないように指示したんですって。それで、全部忘れてしまったわ」

「それは、残念だったね。ところで、ご両親は今何処に住んでいるの」

「母はカンザスシテイーに一人で住んでるわ。父は行方知れず。何処へ行ってしまったのか分からないわ」

ジャニスの明るかった表情が少し沈みがちに見えた。その時、初めてジャニスの表情に日本女性らしい陰が見えた。

「カンザスシテイーでは里帰りが大変ですね。此処から車で何日位かかるのかな」

「去年のクリスマスの時は三日かかったわ」

「お母さんは何処の出身なの」

「よく覚えていないけれど、京都の近くにある町」

彼女の日本での記憶、それはほとんどが「クロンボ、混血」と言われて近所の子供たちに苛められた記憶だという。彼女の母親が父親とともにアメリカへ渡る決意をした理由のひとつに娘を苛めから救うことがあったという。しかし、アメリカの子供たちからは、「ニガー、スカンキー」と罵られた。差別はなくなるどころか、母親までジャップとして差別された。大学を出てジャニスが陸軍へ職を求めたその理由は、軍であれば人種による差別はないと考えたからだという。

「それで軍はやはり平等だったの」

「それが、表向きは平等でも実際はそんなに単純なものでないわ」

「やはり、差別はあるの」

「そう、やっぱりね。自分がニグロだからこんな辛い目にあうと思うことが時々ある」

と大きな瞳を閉じた。

「でも、アメリカにはケネディ大統領が作った公民権法というのがあって、人種差別は厳格に禁止されているのではないの」

「トニー、間違いのないよう訂正させてもらうわ。公民権法を作ったのは、ケネディじゃないのよ。外国ではケネディが作ったと誤解している人が多いようだけど、違うの、公民権法は、リンドン・ジョンソンが作ったの。

ジョンソン大統領はベトナム介入とその失敗で評判よくないけれど、私たちカラードにとっては救いの神よ。少なくとも法律的にはホワイトもカラーも平等になったもの。ケネディはかけ声ばかりで何もしないで死んでいったわ」

「実はジャニス、その人種差別のことで僕は戸惑っているんだ。この国へ来てから人種差別についてある若い日系人から聞かされた。それは数日前のことだけれど。僕がショックだったのは二十代半ばの人から人種差別という言葉を聞かされたからだ。ある年配の日本人の研究者は人種差別はないという。僕はいったいどちらを信じたらいいのだろう。年配の人が人種差別を口にして若い人がそれを否定するなら、別に戸惑ったりしないのだけれど、それが逆だから分からなくなってしまう。ジャニスはどう思う」

「はっきり差別があると言えばそうとも言えるし、差別ではなくて単なる競争だとか単なるジェラシーだとか言ってしまえばそうとも言えるわ」

「何が差別で、なにが差別でないかを特定するのは難しいことだと思う。日本にも差別はある。ジャニスが子供の頃に経験したのはそのひとつだよ。僕自身日本の学会では差別されていた。アメリカで差別がなくなったと言える時が来たとしたら、どういう時だろう」

「そうね、有色人種のプレジデントが誕生したら、それが差別がなくなる第一歩ね。でもそれはまだだいぶ先の事だと思うわ」

〈差別なんて何処の国にもある〉と考えたら気が楽になった。

そんなことを気にするより自由に研究の花を咲かせることの方が大切である。せっかく自由の国アメリカへ来たのだから思う存分研究すればよい。

「いずれにしても、有色人種に対する差別がどういうものか分かる時が来るわ」

そう言い残すとジャニスは自分のオフィスへ戻っていった。

研究のスタート

研究打ち合わせのためヘンリー博士のオフィスを訪ねる。「トニー研究計画を立てよう。予定としては実験装置の完成は三カ月後を考えたい。予算は総額三十万ドル、機械設備の部品についてはこの研究所の購入課と相談して決めてもらいたい。事務局にはファースト プライオリティー（最優先）であたるよう所長から指示が出ている」

翌日購入課で調べた電話番号を頼って幾つかのメーカーに電話してみるが、特殊用途の装置のため受注から納品まで半年から一年かかるという。話しには聞いていたがアメリカの製造業のやる気のなさを目の当たりに見せつけられてしまった気がする。まるで働く気がないのである。

「ヘンリー博士、ミシガンファンへ電話してみましたが、納期に最低一年はかかるそうです。やはり機材は日本から輸入した方が早いのではないでしょうか」

ヘンリーはどうも納得できないというような顔をしている。

「トニー、そんなことあるはずがない。それはアメリカのメーカーにやる気がないのではなくて、君の言葉がうまく伝わってないのではないかね。明日僕が電話してみるから電話番号をメモしておいてくれ」

あとはヘンリー博士にまかせてオフィスへ戻った。

オフィスへ戻るエレベーターの中でピートという男が話しかけて来た。

「君は日本から来たミスター・タナカだろう」

歳は五十五、六、丸顔で腹が出ている。

「僕は朝鮮戦争の時、日本にいたことがある。それで俺のワイフは日本人ということさ。俺のワイフはマサコといって最高のワイフさ。車とワイフは日本製に限る」

「ピートは車も日本製なの」

「もちろんさ。トヨタのクレシダに乗っている。安いし燃費はいいし、故障はない。ハンドリングも楽で最高さ。車も女も男が乗るものだけど、そういうものは日本製に限る」

と突き出た腹の両側に両手を広げエレベーターを出ていった。

翌週ヘンリー博士にまた呼び出された。

「先週、いくつかのメーカーに電話してみたけれど、やはり君の言うとおり難しいようだ。仕方ないから日本へ発注することにしよう」

ヘンリー博士も観念したようである。

すぐにオフィスへ戻るとニューヨークの日本商社へ電話し機材を手配した。その時すべて日本語で通すことが出来ることに私は驚かされた。

商社のニューヨーク支店の話しでは機材は三カ月後に到着するということである。機材の手配は済んだが鋼板を溶接して造る本体の製作に取りかからなくてはならない。本体の製作はヘンリー博士が近くの町の鉄工所を探して来た。その鉄工所はハノーバーの町から北へ車で三十分ほどのブラッドフォードという町にある。

ドアにUSアーミー（アメリカ陸軍）と書かれたプリムスに乗ってブラッドフォードへ向かった。運転手は四十過ぎの背の低いビルという男である。ビルは片足をくねるように引きずって歩く。

インターステート九十一号を北へ向けて走る。車窓には美しいニューイングランドの風景が広がっている。

「トニー、日本は良い国だ。徴兵制がないだろう。俺がハイスクールを卒業した時、徴兵制があって、運の悪い奴は嫌でも軍隊に入らなければならなかった。俺もその一人さ。北ベトナムとの国境近く、十七度線のすぐ南の基地の攻防戦に参加した。毎日何千発という砲撃で地上には何も残っていなかった。俺はまるでマーモットのように時々地上に出ては〈神様まだ生きていました〉と感謝していた。食料弾薬はすべて空輸で運ばれてくる。双発のプロペラ式の輸送機が飛んで来て、地上すれすれに滑走路の上を飛び、後部のゲートから補給物資を投げ捨てていく。それを俺たちは走り寄って引っ張って来るのさ。その間ベトコン、いや北ベトナム軍の砲火はすさまじく、地上すれすれに降りて来た輸送機が荷物を降ろす前に火の玉となって地上に突っ込んだ。敵の百三十ミリ砲の直撃を受けたのさ。

俺たちが輸送機の乗員を助けようと駆け出したその時だった。俺の股の下を敵のバズーカの砲弾が通っていったのを覚えている。記憶はそこまでだった。気が付いたら陸軍病院のベッドの上だった。それでこうやって生きて帰って来たというわけさ」

ブラッドフォードの鉄工所と二カ月後に本体を完成させるということで話しを決め、帰り道は田舎道の四号線を通って帰って来た。しかし、その間も彼の話題はベトナムの話だった。この男はベトナムのことしか話題がないようである。

「ビルはまだ独身なの」と私がビルに聞いたのは、外見から四十も過ぎてると思われるのに、話題は独身者そのものだからである。その質問に今まで雄弁だったビルが黙り込んでしまった。

気まずい沈黙が続いた。車はもうハノーバーの隣町の教会の前を走っている。

「俺は結婚できないんだ」ビルが呟いた。

「何故」と私は聞いてしまった。聞いてしまった後〈もしや〉と思い質問したことを後悔した。そして、ビルの答えはその〈もしや〉を裏付けていた。

「あの戦闘で俺の背中にはバズーカの破片が刺さり、それが原因でセックスできない身体になってしまった」

　私は軽はずみに人を傷つけてしまったことを悔やんだ。

「つまらないことを聞いてしまってごめんね」

　ビルは何も答えず、運転を続けていたが、ハノーバーの町に入ると急に話し始めた。

「アメリカという国は本当に戦争の好きな国だと思う。だってベトナムの後もあっちこっちで戦争やっているんだから。俺はケガで復員して、その後戦争へ行くことはなかったけど、俺の仲間はその後も戦争行って、中には死んだ奴もいる。俺のオヤジはイオージマの戦いに参加して、その後朝鮮戦争にも行ったのだけど、いつも口癖のように言っていたことがある。『せっかく日本に勝って、アジアの戦争は終わったと思ったら、それどころか朝鮮戦争が始まって、朝鮮戦争が収まったと思ったら、今度はベトナム戦争が始まって、結局アメリカは敗北して、その間、戦争に負けたはずの日本がその後戦争せずに大国になって、平和を謳歌している。戦争前、日本が押さえ込んでいたアジアの共産勢力の台頭をアメリカが肩代わりして、何万人ものアメリカ兵が死んで、それで、本当にアメリカは日本に勝ったのか、もしかしたら太平洋戦争の勝者は日本で、アメリカが敗者だったのではないか』と」

　まさか米軍の研究所で「日本戦勝国論」を聞かされるとは思わなかった。ビルは研究所の前で私を降ろすと、

「グッドラック、トニー。仕事がうまくいくのを祈ってるぜ」

と濃いカーキ色のプリムスを走らせ、車庫の方へ消えた。

対日戦に参加したビルの父親が「戦勝国は日本だったのでは」と言っていたというのである。戦後の日本の経済発展のみを見れば、そう見えるかもしれないが、実態はアメリカから技術を買って、それを安く量産化して輸出しただけである。やはり、オリジナル技術はアメリカに劣っている。しかし、日本では聞いたこともない「日本戦勝国論」を米国の、しかも米軍の研究所で聞かされるとは意外であった。

風洞本体が完成するのに二カ月かかる、それまで何をしてようかと考え、ジャニスに聞いてみた。

「ジャニス、何をしたらいいのだろうか」

「トニー、そういうことはまずボスに相談することね。氷工学の研究を手伝わせてくれというのがボスが一番喜ぶことだと思う。トニーの印象もよくなると思うわ。とにかく私たちカラード（有色人種）にはゴマスリが大切なのよ」

翌日ボスのオフィスに顔を出す。

「トニー、ドナルドの研究を手伝ってやってくれ。彼の研究はレーダーで氷の下をサーチする研究だ」

そしてドナルドという男が呼ばれた。

「ドナルド、トニーが君の研究を手伝いたいそうだ。トニーはシミュレーションに関しては優れた研究者だから君も模型理論を教えてもらえばいい」

ところが、このドナルドという男はあまり乗り気ではないようだ。迷惑そうな顔をしている。

以前、氷結したワシントンのポトマックリバーにエアフロリダのボーイング737が墜落して多数の乗客が死亡した。墜落した機体は氷を突き破って川底に沈んでしまい、そしてすぐにその上を氷が覆ってしまった。ドナルドはその墜落地点を氷結した川面の上からレーダーを使って突き止めた優秀な研究者である。

迷惑そうなドナルドの意向を無視してボスは
「ドナルド。トニーに手伝ってもらっていい仕事をしてくれ」

とパイプのタバコに火を付けた。

ドナルドがオフィスに来てくれという。

ドナルドのオフィスは私のオフィスの隣の部屋でジェフと同室である。

三台のコンピューターがドナルドの机を囲んでいる。

「トニー、僕の研究は雪面あるいは氷面におけるレーダー波の反射率の研究だ。君の研究とどこに共通点があるというのかね。僕はないと思う。それなのにチーフは君を僕のパートナーにするという。彼は何を考えているのかな」

「ドナルドには迷惑だろうか。もしそうなら申しわけないと思けれど」

「別に君を個人的に嫌がっているわけではない。僕は元々人と仕事するのが苦手なんだ」

「もしもそのことを知っていたら、手伝いを申し出るんじゃあなかったね」

「いいよ、もうそうなってしまったもの。チーフに逆らうわけにはいかない。もしそんなことをしたら僕はますますチーフに嫌われてしまう」

随分物事をはっきり言う男である。

「ところで、どうせ君に手伝ってもらうのなら、僕も君から何か吸収しなくてはね。何か一緒に研究できるものがあるだろうか」

「レーダー波の反射率を風洞内でシミュレーションする方法を考えてみようか」

「それはいいアイデアだ。もしもレーダー波の反射が風洞の中で再現されたら、これは革命的な研究手段を提供することになるね。

この研究で僕は前から興味のあることがある。それはレーダー波の周波数の縮尺は模型装置の縮尺に反比例するのか、あるいは比例するのか、それとも縮尺の二乗に反比例するのかということさ。次元解析で簡単に求めることが出来るだろうか」

「次元解析は万能ではないから、目星を着けることは出来ても、特定することは出来ないと思う。最終的には風洞実験の結果と現地実験の結果を比較して決めるしか道はないと思う」

「来週氷海水槽を使って実験があるからそれを見学してくれ。それから共同研究を始めよう」

その時、外出していたジェフが帰って来た。

「トニー、今日車を買いに行こう。ウッドストックの中古屋さんにいい車が入ったそうだ」

以前ジェフに中古車を探してくれるよう頼んであったのである。いつまでもジェフに送り迎えしてもらうわけにはいかない。ジェフのボルボでウッドストックのディーラーへ向かう。

「トニー、このディーラーはこのあたりでは一番質のいい車を扱う店だ。僕もこのボルボを此処で買った」

ホンダとクライスラープリムスのディーラーだが中古車も扱っている。ショールームへ向かう時に社員駐車場をチラリと見たが、ポルシェ、サーブ、ベンツ、ジャガーなど高級車が並んでいる。いったい誰がこれらの高級車に乗っているのだろうか。

ジェフの友人だというセールスマンが出て来た。ダグラスという男である。背はそんなに高くないが、がっちりとした体格である。

「ジェフ、アコードとツーリスモが入った。僕はアコードを勧めるけど」

展示場に歩いていくと、ひと昔前のアコードのセダンとスポーツクーペのプリムスツーリスモが展示してある。アコードの方はいかにも古く、距離計を見ると十万マイル（十六万キロ）も走っている。ツーリスモの方は年式も新しく塗装はまだピカピカである。タイヤが磨り減っているのを除けば新車といってもよいかも知れない。しかもアコードが二千ドルに対して、

ツーリスモは二千五百ドルで五百ドルしか違わない。ジェフが
「トニー、僕もアコードを推薦する。アメリカ車は故障が多くて後で苦労する」

しかし私はツーリスモに傾いている。何もアメリカに来てまで日本車に乗ることはないと思うからである。

「でも、ツーリスモの方が年式が新しいし、古い車は消耗品を交換しなくてはならないから」

「トニー、ホンダにしろよ。アメリカではメードインUSAはジャンクと呼ばれるほど品質が悪いとされている。頻繁な故障とその修理で生活に支障を来たすことになるから、古くても日本車にしたほうが良い」

セールスマンが、

「この店の従業員でアメリカ車に乗っている奴は一人もいない。社長もホンダに乗っている。ホンダの方がいいよ。悪いことは言わない」

アメリカ車はアメリカ人にも嫌われているのである。

「でも、何もアメリカに来てホンダに乗ることはないだろう。アメリカ車の品質の悪さを体験するのも勉強のうちだよ」

とムキになってツーリスモを購入することにした。二、三日で車をコラールに届けるということにしてボルボに乗って帰ることにした。

「トニー、僕は知らないぜ。故障しても僕のせいにしないでくれよ」

「もちろん！　僕はメカに詳しいから自分でなおすよ」

やっと車を手に入れたことでほっとしたのか、それとも一度アメリカ車に乗ってみたいという夢がかなったためか、じつにいい気分である。

しかし気になる。彼らが忠告するほどアメリカ車はひどいものなのだろうか。もしもそんなひどいもののなら、商品として市場にでるはずがないと自分を納得させた。

その時、ボルボを運転しているジェフがつけ加えた。

「あのツーリスモ、運転中にドアを落とさないよう手でドアをしっかり押さえながら走った方がいいよ」

町の日本人達

コラールに着任して既に二月が経った。ニューイングランドの低い山々は十月に入って完全に紅葉と化し、まるで国立公園のまっただ中に住んでいるかのような錯覚を覚える。ダートマスカレッジの舗道は赤や黄色の枯葉に彩られている。

浜田夫人からパーティーの招待状が届いた。ハノーバー在住の日本人が集まるそうである。ウッドストックで購入したプリムス・ツーリスモに乗り出かける。

今のところ愛用のツーリスモにこれと言って大きな故障はない。少しオイル漏れがあったので近くの整備工場に持っていくと、オイルパンを外してシールし直すよりも、Ｋマートでオイルを買ってつぎ足しているほうが安いと言われてそうしている。たしかに理屈ではそうだが、日本人の几帳面さか、たとえ少しのオイル漏れでも気になるものである。年式はまだ三年だというのに日本車では考えられないことである。

紅葉に囲まれた浜田博士宅の前では既に何台もの車が止まっている。ドアを開けるとフィーリクスが飛んで来て纏わり付く。

「あらっ、田中さんお元気。クイッチーの別荘はどう」

「はい、快適です。あの景色の中にいると、家をアトリエにして絵を描きたくなります」

「あらっ、絵なら私が教えてあげるわ」

「絵の方はもう少しこちらの生活に慣れてからにしようと思っています」

「田中さん、皆さんを紹介するわ」

と何人かの日本人が紹介された。

「こちらはダートマスの医学部に留学している山田さん、こちらはダートマスのビジネススクールで経営学を学んでいる加藤さん」

この小さな町にこんなにもたくさんの日本人がいたのかと思うほど、四十人も集まっている。

「こちらは私の友人で山下ともこさん。彼女はダートマスの医学部付属病院で看護婦をしているわ。アメリカへ渡ってきてからもう三十年になるかしら」

何人か紹介された中でその山下ともこさんという、白髪混じりの五十歳位の中年女性が私に話しかけて来た。

「田中さんは札幌の出身ですってね」

「はい。山下さんはどちらですか」

「私は小樽よ」

「アメリカには留学でもされて渡って来たのですか」

「ちょっと言いづらいけれど私は戦争花嫁よ。千歳でハズを見つけてこちらへ来たわ。今は一人だけれど」

「別れたのですか」

「そう」

彼女がハズと別れたのはずいぶん昔なのだろうか。何の躊躇もなくケロリと言ってのける。そして聞きもしないのに自分の素性を語り始めた。

「私は千歳で働いていた兵隊と一緒になってアメリカへ来たの。でも結婚生活は最初の一年間だけで、すぐに離婚されてしまった。ハズに白人の彼女が出来たの。あの人たちはやはり白人の女がいいのね。人種の違いは肌の色や顔つきの違いだけでなく、セックスそのものに違和感を与えるものらしいわ。私もほとんど彼に嫌気がさしていたから、ちょうど良かったわ。あっさり別れてやった。最初から彼が好きで一緒になったのではないの。アメリカへ行きたかったの。白人は白人と日本人の女は日本人の男と結婚するのが一番いいのよ」

白髪混じりのあれた髪を無造作に後ろに束ね、古ぼけたセーターに色褪せたズボンを履いている。化粧気はまったくない。

私は日本人の女を妻にしてのろけているピートのことを思い出した。

「コラールに日本人女性を妻にしている男がいて、彼は顔を合わす度のろけていますよ」

「浜田さんから聞いたわ」

というと彼女は黙り込んでしまった。

そして、二階へ通じる階段の一番下の所に一人寂しそうに座り込んでしまった。

「田中さん、戦争花嫁の過去を詮索しないことね。彼女たちはこちらへ来てから苦労している人も多いのよ」

浜田夫人に忠告された。

「でも離婚したのなら日本へ帰ればいいのに」

「そう簡単にはいかないのよ。女が実家に帰るということは、たとえ日本にいても格好のいい話しではないわ。特に、彼女の場合、親の反対を押し切って国際結婚しているから、今更帰れないのよ。国籍も変えてしまっているし。それからピートの奥さんは日本人だけれど彼女も私たちとは付き合いがないわ。もっとも彼女は私たちとは別の世界の人だからあなたも付き合わない方がいいわよ」

何故ピートの奥さんとは付き合わないほうがいいのか、具体的に聞きたくなったがよすことにした。

もう一度山下さんの方を見ると、ただ一人階段にうずくまっている。誰も彼女に話しかけようとはしない。彼女も話したくなさそうである。彼女を見ていると、重機メーカーからダートマスのビジネススクールに留学している加藤という四十歳位の男が近づいて来た。

「田中さんはコラールで働いているそうですが、米軍の職場はどうですか。働きやすいですか」

「まだ二月しか経っていないからよく分かりません」

「そうですか、どんな研究をなさっているのですか」

「風洞内で吹雪や降雪のシミュレーションをする研究です」

「何故アメリカ陸軍がそれを必要としているのですか」

「風洞内で冬期間の戦場のシミュレーションをするわけです」

「うちの会社でも風洞装置を造って防衛庁に納めたりしていますが、そういう風洞は初めて聞きました。アメリカ陸軍はそこまで考えているのですか。明日にでも本社にファックスを流して調べてみましょう。弊社も対応を考えておかなければ」

「ところで僕は一度ダートマスのビジネススクールで勉強している日本人に聞いてみたかったのですが、アメリカ式のビジネスを勉強して、それが日本の商習慣の中で役に立つことがあるのですか」

「田中さんは痛いところを突きますね。実はその通りで、日本では役に立つことなんかありません。ダートマスでは接待術なんか教えてもらえませんから」

「それじゃあ何故高いお金を払ってビジネススクールへ行くのですか」

「はっきり言って見栄です。アメリカの企業に対応する時、アメリカの有名大学を出ていると迫力が違うんです。バカらしいといえばそれまでですが。ビジネススクールで教わるカリキュラムで仕事が取れたら誰も苦労しませんん」

加藤さんと話しをしながらも時々山下さんの方に目をやるがまだ一人でうずくまっている。浜田夫人がまた話しかけて来た。

「あなた、ハノーバーの日本人の人たちには友達をたくさんつくっておくことよ。何かと助け合わなくてはね」

「ところで、先程から見ていると関さんと小松さんが見当たりませんが」

浜田夫人は何を考えたのか少し間をおくと、

「前にも言ったと思うけど、あの人たちはパーティーが嫌いなのよ。招待状を出しても、返事もこないわ。まったく社交性というものがないのよ。アメリカへ来たからには、アメリカのやり方に合わさなくてはならないのよ。なのにあの人たちはもう二十五年も此処に住んでいるのに、まだ日本式の生き方を変えようとしないわ。だから周囲から孤立化してしまうの。田中さんはあんな風になっては駄目よ」

「関さんも、小松さんもそんなに人間嫌いなんですか」

「あの人たちは異常ね。あの人たちは中山研究室にいる時から主人とは反りが会わなかったけれど、こちらへ来てからはアメリカ嫌いとアメリカに馴染んでいる私たちへの嫉妬も重なって、私たちとはあまりうまくいっていないの。田中さんもあの人たちとはあまり付き合わないことね」

浜田夫人は顔をしかめて吐き捨てるように言うと、手にしたブランデーグラスを飲み干した。いったいどうしたことだろう。札幌の学会では仲よくしていた三人が此処では仲たがいしているとは。

私には気になることが一つあった。コラールの研究者名簿の中にコウイチ・ウエニシという日本人らしい名前があったことである。

「コラールの研究者名簿にウエニシさんという名を見つけたのですが、いったいどういう人なのですか」

「ウエニシさんと私たちは全く関係ないわ。あの人はもともと雪氷の研究者ではないの。

たしか日本の石油会社に勤めていたらしいわ。コラールに来て十五年にもなるらしいけど、私たちとは一切つき合いがないわ」

日本人なのに他の日本人とは交流しないとはずいぶん変人である。

もう退出することにした。ドアへ向かう時山下さんの方を見ると、まだ階段の所に一人でうずくまり手にした日本茶をすすっている。その姿がみすぼらしかった。

ニューイングランドの冬

ドナルドは私のことが気に入ったのであろうか、仕事の他プライベートなことまでも話しをするようになっていた。

「トニー、どうしてボスは君と僕を組ませたか分かるかい」

「氷工学の勉強をするにはドナルドの研究が一番適していると考えたからではないかな」

「トニー、それは人が良過ぎる。ボスはこの僕がこの研究所を去った後、僕の仕事を君に任せようと考えているのさ」

「まさか、何故ドナルドがこの研究所を去るの」

「何だ、君は知らなかったのかい。ボスは僕のことを嫌っていてね。いつかは僕を首にしよ

う と考えているんだ」

「まさか、そんなこと信じられないよ。それは考えすぎではないの」

「トニーはまだ分かってない。軍の研究所のマネージャーは役人主義に凝り固まっていて、しかもシビリアン（軍属）に対して傲慢なんだ。僕はボスとは反りが合わない」

「なぜ合わないの」

「ボスは兵隊上がりで彼の発想はすべて軍隊式さ。そこが合わない原因さ。彼の頭の中は上から下への命令系統しかない。下から上へ意見するなんてことは許されないんだ」

「ボスはフランクでフレンドリーな人に見えるけど」

「それは表向きだけさ。あのユダヤ人は狡猾そのもので、自分より優秀な研究者がいると、その研究者を追い出そうとする。すでに六人も辞めていった。もっとも彼らは大企業に引き抜かれていったのだけれど。実際は、ボスに嫌気が差していたということさ。そのくせ彼はゴマスリ野郎にはてきめんに優しいときている。だから氷工学研究部門の研究レベルは下がる一方さ」

なにか個人的な怨みでもあるかのようにボスを腐している。よほど気に入らないのであろう。

「ところで、トニーとヘンリーの関係はどう」

とドナルドが聞いて来た。

「別に今のところ問題はないけれど」

「トニー、ヘンリーはアンフェアで傲慢なことで有名だから注意して付き合った方がいいよ、彼はイングランド出身と言っているが、実はスコットランド人で人種コンプレックスの塊だから。今まで彼とプロジェクトを組んだ研究者でうまくいったのは一人もいないからね。トニーもそのうち分かる時が来るよ」

〈まさか〉と思った。私をわざわざ日本から呼んだヘンリー博士がそんなことをするはずがない。


紅葉の季節はとうに過ぎ、町の人々はコートの襟を立てて通り過ぎていく。クイッチーの私の家からは夏の間樹々の緑に遮られて見えなかった隣の窓の灯りを見ることが出来る。既に全ての樹の葉が落ちてしまったのである。その樹々の枝もうっすらと雪化粧している。既に十二月に入り、ダートマスのグリーンには大きな樫の樹が持ち込まれ、枝に並べられた小さなランプが点滅している。

秘書のローリーがクリスマスカードを手に現れた。

「トニー、日本からクリスマスカードが来てるわ。ガールフレンドかしら」

長男からだった。返事を書くのはよそう、あの家庭のことは過去のことにしなくてはならない。いつもそう自分に言い聞かせている。

最近ドナルドの様子がおかしい。他の研究員の話では、ボスとの間にトラブルが持ち上がったという。ドナルドが自分の研究目的のために作ったコンピューターソフトを勝手にＩＢＭに売りつけたというのである。

「僕はあのソフトを売って自分で儲けようとしたのではない。ＩＢＭが買いそうだったら、ボスに話して具体的な話しを勧めようと思っていたのさ。研究成果を私的に売買しようなんて、そんなことしたら僕は軍に逮捕されてしまう」

「その話はボスにしたの」

「もちろんさ、でも彼は聞く耳持たぬということ。要するに彼は僕をこの研究所から追い出したいだけさ」

「ドナルドは月曜日のウィークリーミーティングではいつもボスと議論になるね。僕は君の言うことが正しいと思う。君の議論は正論だ。でもボスにしてみれば、みんなの前で恥をかかされるわけだから面白くないだろうね。彼の気持ちも分かるけど」

「トニー、科学的議論に同情や嫉妬は必要ない。僕だって仲間の前でボスをやりこめても決していい気持ちはしないさ。でもその原因はボスの勉強不足だ。彼はこの十年間何も進歩していない。この氷工学研究施設が出来て、そのボスにおさまってから彼は何も進歩していない」

「それでドナルドはこれからどうするの」

「結局辞めるしかなくなるさ」

「ボスは何か条件を出しているの」

「自発的に退職すれば退職金を百パーセント払ってＩＢＭの件については不問にするそうだ。そうでなければ、しかるべき機関にかけて厳正で公平な処分を行うそうだよ」

「それじゃあまるで、『とにかく出ていってくれ』と言ってるだけだね。ずいぶん露骨だね」

「エクソンがアラスカの油田開発にからんだ研究で三倍の給与を出すと言うから、そうするかも知れない」

「もう辞めると決めているの」

「僕はもう嫌気がさしているんだ。もうあんなレベルの低い上司のもとで使われるのはごめんなんだよ。この研究部門を辞めていった六人の気持ちがよく分かるよ」

ジャニスにドナルドのことを聞いてみた。

「トニー、ドナルドには同情するわ。彼は世渡りがへたなのよ。この研究所では上役が馬鹿でもゴマをすらなくてはだめよ。特に私たちカラードはね。ドナルドは白人だけれど、彼の議論は辛辣すぎるの。トニーは日本人だから言葉の細かなニュアンスは分からないかも知れないけれど、かなりきつい、ボスが立場を失うようなことを平気で言うの。もちろん正しいことを言ってるわ。それはエアフロリダの事故で証明済みよ。でも彼には気配りが足りないわ」

「しかしそれだけの理由で辞めさせるなんて、ボスも冷たいね」

「ボスはそういう奴よ。彼は兵隊上がりで、アーミーのおかげで田舎の大学をでたの。ドナルドはイングランド系のプロテスタントでカリフォルニアバークレーのドクター出身よ。ボスはドナルドに対してコンプレックスを持っている。だからドナルドにアンフェアな態度をとるのよ。でも、ボスはワシントンに知り合いがたくさんいるからどうしようもないわ。悪いけどカラードの私たちが助けてあげるわけにはいかない」

「ドナルドは本当に運が悪いね。あんなに才能があるのにボスに嫌われて」

「でも、彼にはその方がいいと思うわ。彼のように才能のある人はこんな陸軍の研究所にいてはだめになるわ。彼はエクソンに行くべきよ。彼なら必ず成功するわ。ボスはドナルドにとって天敵かも知れないけど、私たちカラードにとっては御(ぎょ)しやすい男よ。だってゴマをすっていれば機嫌がいいのだから。黒人がエクソンへいってもエグゼクティブにはなれない。でも軍なら可能性があるわ。トニーもボスの前ではゴマスリを心がけるのよ。ドナルドみたいにならないようパーティーなんかもこまめに顔を出すの。そうだ、今度のクリスマスパーティーには必ず出席するのよ。私がエスコートしてあげるわ」

コラール所長主催のクリスマスパーティーへジャニスと出かけた。会場はハノーバーのはずれにある古い納屋を改造したレストランバーである。

ジャニスのホンダＣＲＸで向かった。

「この車は一年前に買ったの。もう二万マイルも走っているけれど、一度も故障していないわ。加速はいいし、ハンドルもシャープで運転しやすい。前はフォードエスコートに乗っていたけれど、新車で購入して半年もしないのに故障続きだった。部品代が高くて、私の給料ではとても維持できなかったわ。それで一年後にＣＲＸに替えたの。トニーもツーリスモが故障し始めたら日本車に取り替えるのね。いくらお金があってても足りなくなってしまうから」

聞かされるのはアメリカ車の悪口ばかりである。しかし私のツーリスモはまだオイル漏れしか起こしていない。その点ではアメリカ車の中では優等生であると思っている。

赤いペンキが所々禿げた階段を登りパーティー会場に入る。もう百人ほど入っている。バーカウンターでクアーズを買い、一番端のテーブルに座る。どうもアメリカ人のパーティーにはまだ馴染めないのである。所長の登場である。みんなが拍手で迎える。このパーティーはもしかしたら所長の年に一度の見せ場なのかもしれない。

ダンスフロアでは既に気の早い連中が、バンドの奏でるロックンロールにあわせて踊っている。その中にピートの姿があった。あのコロンとした体つきで、激しくジルバを踊っている。その相手をしている女性が自慢の妻なのだろう。日本人にしては背の高い女性が相手を務めている。歳の頃五十過ぎの品の良さそうな美人である。

所長のハワード大佐が「カムオン・トニー」と私を呼んだ。

「所長のお呼びよ。しっかりゴマすらなくてはね」

ハワード大佐の正面の席にジャニスと移る。

「トニー、何であんなに端に座っている。今日は君にとってアメリカを勉強する良い機会ではないか。日本では何事も控えめなことは美徳かもしれないけど、この国では控えめは敗北を意味する。俺は沖縄にいたことがあるから日本のことは少しは分かっているつもりだ。もっと自分を強くアピールしなくてはこの国では生きていけないぞ」

「所長の言うとおりよ。私も所長と同じ考えよ。トニーはもっと積極的でなくっちゃ」

ジャニスが大佐をフォローする。有色人種はごますりに心がけろと言うから
「はい分かりました。日本での生き方が抜けなくて。特に役所では出しゃばりは嫌われます」

「此処は役所ではない。アーミーである。意見があれば積極的に発言することだ。ところで、風洞装置の製作のほうはどうなっているかね」

「はい、順調に進んでいます。来月末には所長にお見せできると思います」

「ヘンリー博士が計画の遅れを心配しているようだから急いだ方がいい」

これは意外である。別にヘンリー博士は私に仕事が遅れていることなど何も言ってない。今度ヘンリー博士に会ったらその辺のところを聞いてみよう。

ジェフがワイフを連れて現れた。

「トニー、ワイフのマリアンを紹介するよ」

「トニーね、ジェフからいつも話しに聞いているわ。雪模型のマジシャンなんですって」

身長は百六十五センチほど、十センチはあるハイヒールの上に脚が伸び、その脚の高いところによく引き締まったヒップがある。それに繋がる細くくびれたウエストの上にはバストが小さく揺れ、三角に割れたピンクの襟が白い首筋へとつながる。ブロンドの長く伸ばした髪の先を軽くカールし、歩く度に髪を掻き上げる。白人娘としては少し丸顔である。上唇がそのまま滑らかなカーブを描いてツンと先のとがった鼻筋へとつながる。ブルーの透明な瞳に見つめられると、吸い込まれそうな錯覚を覚える。ジェフは別にワイフのことをのろけたことはないから知らなかったが、大変な美人である。ダンスミュージックがスローに変わった。ジャニスと運転手のビルがブルースを踊っている。

「トニー、私たちも踊りましょうよ」

マリアンが言った。

「僕はダンスが苦手だから」

と躊躇すると、

「踊ってこいよ」ジェフが勧める。

たしかに私はダンスは苦手である。しかしそれよりも大柄でグラマラスなマリアンの体に触れることに躊躇していたのである。

リードすべき自分がグラマーな女にリードされるというのは主体性をまったく失ってしまいそうで不安が付きまとう。そんな私にマリアンはどんどん体を押し付けてくる。何か匂いがしたと言った方がいいかも知れない。具体的に匂うというわけではない。雰囲気が強烈なのである。日本人のような淡泊な感じではない。日本の女ならスタイルがいいということは骨細で華奢な感じを与えるが、マリアンのそれは力強さがある。単に骨太なのではない。彼女の背中に手を廻して踊っていると彼女はその手を取り自分の腰のくびれに持っていった。私の手が彼女の腰のくびれに乗っている。彼女の腰のくびれが私の手をがっちりと受けとめているという感じである。

「トニー、今度ドライブに連れていってよ」

マリアンは私を誘惑しているのだろうか。それともからかっているのだろうか。自分が美人であることをいいことにからかっているとしたら、これは要注意な女である。亭主の目の前で他の男を誘惑するとは悪女である。そう思いながらも右手はマリアンの腰のくびれを楽しんでいる。手が彼女の腰の上で踊っている。

帰りの車の中でジャニスに聞いた。

「ジェフとマリアンは本当に夫婦なの」

「トニー、アメリカでは同棲しているだけでワイフ、ハズと呼び合うの。そして一緒に暮らしていても互いに拘束しないということね。相手が誰と付き合おうと干渉しないの。新しい相手が見つかったら自由にそちらに移っていくわ。彼らはそんな関係なのよ。トニー、どうしてそんなこと聞くの。何かあったの」

「いや、べつにないけど」

あとは口ごもってしまった。

この国のフリーな男と女の関係に浸るには今の自分にはゆとりがなさ過ぎる。

ジャニスに送られてクイッチーに着いた時、深夜一時を過ぎていた。居間に入ると出かける前に焼べていったファイヤープレースの火がチラチラと小さく燃えている。その赤い火を見ながらソファーの上でそのまま眠ってしまった。


北部ニューイングランドは雪化粧を終え、ドナルドはクリスマス休暇明けにエクソンへ去った。

「今日でコラールともお別れさ。これであほマネージャーと付き合わなくてすむ。エクソンでは、北極海のバローの氷の上から油田探査するプロジェクトに参加することになった。サラリーはアーミーの三倍で十万ドルもらえる。トニーもチャンスがあるなら逃さず民間に移ることだ。何も馬鹿なマネージャーのもとで苦労することはない。時間の浪費にしかならないから早く転職することだね」

「ドナルド、エクソンで風洞のプロジェクトがあったら僕に廻してくれよ」

「トニーもよその研究所へ移れよ。それなら廻してあげてもいいよ。今君に仕事を廻せばチーフの業績になってしまうからね。自分を追いだしたマネージャーに仕事をやることはないと思うから、君が他に移れば仕事をあげることにしよう」

ドナルドがチーフを恨むのも無理はないと思う。あれだけの研究業績を上げたのに研究所を追われるのだから。ドナルドは十年間の努力と苦労を怨念に変えて去った。

今日は日本で言う大晦日である。

今朝NHKのラジオジャパンが紅白歌合戦を中継していた。オープニングからたった一時間だけだったが、まさか地球の裏側で紅白を聞けるとは思ってもいなかった。

この秋一匹のアライグマが毎夜のようにベランダに現れ、私が置くドッグフードを食べていった。私はそのアライグマに長男の名を付けた。そのアライグマも冬に入って姿を消した。リスたちも冬眠に入ったのであろう、ウッドチャック（シマリス）もスクアール（エゾリスのような大型なリス）も姿を見せない。

少し眠ってしまった。リビングルームの床に敷かれた毛足の長いカーペットに横になっていて、そのまま眠ってしまったのである。ソファーテーブルの上に置かれた時計を見ると午後十一時をさしている。二時間ほど眠ってしまったようである。ファイアープレースに置かれた鋳物製のストーブに炎はなく、置き火だけが赤く輝いている。

〈中華料理用の麺で年越しそばでもつくろうか〉と冷蔵庫を開けると、これといった材料は何も入っていない。

〈スーパーへ材料を買いに行くことにしよう〉そう思うといてもたってもいられず、ガレージのツーリスモのイグニッションを回す。いつもなら、一度でエンジンがかかるのに、外は冷え切っているせいか、三度目でようやくエンジンが回り始めた。早く車内が暖かくなるようにと、ヒーターファンを最大に廻してみた。カラカラと大きな回転音を上げる。先日ファンモーターを取り外し、点検してみるとモーターのシャフトを支えるメタルが磨耗して隙間ができ偏心していた。日本車なら新車から十年もすればそんなこともあるかもしれないが、三年では考えられない。この辺がアメリカ車がアメリカ車である理由であろう。

空を見上げると星空が広がっている。ルート四号をまっすぐに走り、インターステート八十九に乗る。車で十五分位の所にある二十四時間営業のスーパーはいつもなら真夜中を過ぎても賑わっているのに、さすがに大晦日である。客は一人もおらずレジも一台しか動いていない。

ドアを開けると、レジ係のおばさんが眼鏡を鼻の先の方まで降ろして、上目遣いにドアを睨み付けた。〈いったいこんな大晦日の夜中に、誰が買い物に来たものか〉と興味津々というところである。

まっすぐオリエンタルフーズのコーナーに向かう。もしかしたら新年を祝うために中国人がみんな食材を買い占めてしまったかもしれない。そういう不安を抱きながら、オリエンタルフード売場の前に立つ。ヌードルは三個残っている。ヌードルとソイソース（醤油）、そしてタマゴ、ポークのシチュー肉、サーロインステーキを買う。

今晩はサーロインで年越しそばを食べよう。それから元旦の日は午前中しか店は開いていないから、少し野菜と果物を買うことにしよう。野菜売場へ向かった。ポテトを買おうとその袋に手を伸ばそうとした時である。私の後ろで綺麗な日本語が響いた。

「すみませんが、日本の方ですか」

後ろを振り向くと歳の頃三十中程の日本女性が立っている。背の高さは百六十センチ位、汚れたジーンズをはき、スニーカーも泥が乾いてこびりついている。色は浅黒く彫りの深い顔立ちは一見フィリピーノを思わせる。

「はい、日本人ですが」と答えると、

「すみませんがしばらく日本語を話してよろしいですか」

その女性のくりりとした瞳に哀願の表情が漂っている。

「どうぞ」

「どちらにお住まいですか」と聞いて来た。

「クイッチーです」

「あらっ、そんな高級なところに住んでるのですか。何かお金持ちの人かしら」

「いやそんなことありません。ハノーバーにあるコラールで働いています」

「こちらにいらして、何年になるのかしら」

「まだ半年にもなりません。正確には四カ月です。やはり外見で日本人だと分かりますか」

「はい、すぐに分かります。日本人はこぎれいな服を着ていますから。ところで出身地を聞いてよろしいでしょうか。もしかしたら北海道の人かと思うのですが」

「そうです、札幌生まれの札幌育ちです。どうして北海道育ちと分かりますか」

「言葉で分かります。私は函館の生まれですから」

三十分ほど互いの故郷のことなど話し込んだ。彼女の名は由美子という。

「日本語を話したくなったら電話を下さい」と電話番号をメモして手渡した。

「うん、電話させてもらうわ」

二人はそこで別れて私はレジへ向かった。

店に響くのはレジを操作する音と天井から流れるＢＧＭだけである。レジをすませ、店を出ようと出口へ向かった時である。ＢＧＭのメロディーが変わった。どこかで聴いたことのあるメロディーである。懐かしい旋律をオーケストラが奏でている。紙袋を抱えたままその場に立ち止まった。店内に響くメロディーは山口百恵の「いい日旅立ち」である。どうして涙が止まらないのだろう。日本にいる時もこの曲は好きな曲だったけれど。涙して聴いたことはない。しばらく動けないまま立ち止まっていた。そして、ふとレジの方を振り返るとレジの叔母さんが怪訝そうにこちらを見ている。そしてその向こうを先程の日本女性がこぼれそうなほど食品を入れたカートを押し、レジへ向かっている。その彼女と目が合ってしまった。そして彼女も立ち止まっている。彼女もＢＧＭのメロディーに気が付いたのだろうか。わずかの時間、ほんの一二秒だと思うが何か気持ちが通じ合ったような気がした。彼女に手を振るとスーパーをでた。

いったいどうしたのだろう。あんなに年越しそばにこだわっていたのに、もうそんな気はなくなっている。買って来たものを無造作に冷蔵庫に放り込むとそのままベッドにもぐり込んでしまった。

元旦の日の午後ちょうど日本では午前零時だろうか。珍しく札幌の母から電話がかかって来た。貧乏性の母らしく深夜料金に切り替わるのを待ってかけて来たという感じである。

妻の実家に置いてきた長男が「パパがいない」と言って毎日泣き、暴れて手がつけられないと別れた妻から連絡があったそうである。撚（よ）りを戻せないかと母は言うが、あの実家も妻もあまりにも知的レベルが低く、元の鞘に戻れば，研究に支障を来すことは間違いない。研究に理解のない人物を家族には出来ない、無理である。私はもうアメリカに来てアメリカの研究体制に組み込まれている。こちらに骨を埋めることになりそうだ。アメリカに来たくない嫁と撚りを戻せば、私は一生単身赴任を続けることになる。そう説明すると母も納得してくれた。母が長男を慰めに時々会いに行くと言ってくれた。母に父親の匂いを感じるらしい。

親子であり孫である証なのかも知れない。男の子は父親から生き方を学んでいく、そのことを三代にわたって女兄弟で育った元妻と義母には理解できない。

アメリカの元旦はニュース番組の冒頭に新年の挨拶があるだけで、新年特別番組などない。プロフットボールがある程度である。

雪が降り続いている。私のコテージへ至るドライブウェーの雪掻きをしていて不思議なことに気が付いた。ショベルで切った雪の断面が青いのである。何故だろうとショベルを休めてしばらく考えていた。札幌ではあまり経験しなかったことである。太陽光の反射スペクトルが札幌のとは異なるのであろうか。そんなことを暫く考えていた。その時リビングルームの電話が鳴った。戻って受話器を取ると、昨晩スーパーで会った彼女からである。今度クイッチーに遊びに来るという。そして、もうハズが帰ってくるからと電話を切った。人妻に遊びに来られても困ると思った。外はまだ雪が降り続いている。再び外に出て雪掻きをして部屋に戻るともう外は暗くなっていた。

まだ雪が降り続いている。一日遅れの年越しそばをサーロインステーキをおかずに食べた。バターでミディアムレアーに焼いてキッコーマンの醤油をかけるのが一番おいしいと思う。やはり自分は日本人なのであると納得した。

実験設備の完成

風洞装置が完成したのは真冬の二月である。予定より二月遅れた。理由はカリフォルニアでの港湾ストである。所長のハワード大佐は早く模型の雪景色を見たいのか公開実験を迫って来た。実験に使用する模型装置はコラールの建物を五百分の一に縮小したものである。

実験助手としてジョニー・パイパーという私と同い歳のアイルランド系の男がついた。ジョニーは十年間吹雪の模型化に取り組んで来たがまだ成功を見ないでいた。

ヘンリー博士が、

「トニー、君のアシスタントとしてジョニーをつける。ジョニーはこの十年間吹雪の模型化に取り組んで来たから研究内容についてはよく知っているはずだ。これから、君と一緒に働くことになるから二人でいい仕事をしてくれたまえ」

ジョニーにとっては不名誉なことかもしれない。自分が成功していないのに成功者の助手をさせられるわけであるから。

所長に初めて展示する日が来た。実験についての説明はヘンリー博士と私が行う。

「大佐、この研究が公開されるのはおそらく北米では初めてでしょう。今日はこのコラールの五百分の一の模型を使ってコラールの雪景色を作ることにします」

ヘンリー博士が自信ありげに説明を始めた。

ジョニーが風洞のスイッチを入れた。氷工学研究施設の地下に作られた巨大な風洞装置のプロペラが廻り始め、粘土の粉が白い雲のように風上から風下へ流れていく。所長はいつものようにチョビヒゲを右手でなでなでしながら神妙に風洞の中をのぞき込んでいる。いつも口数の多いボスが妙に黙り込んでいる。


「ジョニー、風洞をストップしてくれ」

とヘンリー博士が命じると大きなプロペラがゆっくり停止した。そして今度は小さなファンが高い音を立て風洞内の空中に浮遊する粘土の煙を屋外へ排出する。そして風洞の窓が開けられ模型装置を載せた測定部の床がゆっくりと手前に移動して来た。所長が覗き込んでいる。

「これは、まるで本物ではないか。航空写真のようだ」

と小さな目を大きく見開いた。ボスは満面に笑みを浮かべ、

「所長、この氷工学研究所の駐車場の角にはこの模型と同じように吹き溜まりが出来るんですよ。大きさも同じ位だ」

と指を模型の上に突き出した。

「そういえば僕がいつも車を置く正面玄関の脇の生け垣にもこの模型と同じ吹き溜まりが出来る」

と所長が驚いている。

「その通り」
とボスがまた自慢げに頷いている。
「この模型を使えばそのままコラール全体の効果的な防雪対策を立てることができるという
わけかい」
「そういうことになります」
「おい見ろよ。僕の部屋の窓ガラスに雪が付いている。この間の吹雪の時たしかこの窓に雪
が付いていた。これは大変な技術ではないか。この装置を使えば冬場の戦場のシミュレーショ
ンも簡単に出来るということかい。この模型を使ってコラール全体の効率的防雪対策を立て
よう」と指示するとハワード大佐は引き上げていった。そして、初めての公開は成功した。

ボスも他のメンバーも成功を喜んでいるが、ただ一人浮かない顔をしている男がいる。ジョ
ニー・パイパーである。もしもこのまま実験が続けられたら、これからずっと私のアシスタ
ントをしなくてはならない。そんなことが気がかりなのだろう。しかしその心配は無用であ
る。何故ならこの実験の成功により北米の雪害シミュレーションが全てこの研究所に発注さ
れるから、ジョニーにも大きなプロジェクトがまわってくるはずである。
「ジョニー、これで僕らはもっと忙しくなるね」
と彼を励ますが、やはり浮かない顔をしている。研究所のメンバーが〈うまくいったぜ〉と

言わんばかりに右手の親指を突き立てて地下の研究所を出ていった。

その日は公開実験の成功に浮かれていたのか、クイッチーへの帰り道スリップしてカーブを曲がりそこね、ツーリスモは路外に滑り落ちてしまった。滑り落ちる前に時計回りに回転したが、スリップするほどの雪道ではなかったから、この車はバランスが悪いのではないかと思って後輪のタイヤを見ると、何者かがタイヤ側面をナイフで切りつけた跡があり、そこから空気がもれてバランスを失っていたのである。いったい誰がこんな嫌がらせをするのだろう。もしも対向車にぶつかったら命はなかったかも知れない。もしかして、これが人種差別なのだろうか。通りがかりの車に転落した愛車を路上に引き上げてもらい帰宅した。

ファイヤープレースに白樺の薪をくべる。二月の中ともなれば昨秋購入した薪も乾燥して火付きが良い。めくれた白樺の白い木皮がはじけるように勢いよく燃え上がった。

アメリカで見つけた好みのスコッチウイスキーであるディンプルのロックを片手に一人で祝杯を挙げる。鋳物のストーブに赤い火がちらちらと揺れている。その灯りが居間の白壁に家具達の陰を投影している。灯りが揺れるたびにソファーの陰が、テーブルの陰が揺れている。

ロックを三杯ほど飲んだ。少しほろ酔いになって来たところである。誰かが玄関のドアをノックした。乾いた木質の音が居間に響く。こんな時間に誰だろう。少しふらつく足で玄関の外を覗くと大晦日の深夜にスーパーで会った女が立っている。たしか由美子と言った。

「お久しぶりね。モントピラーの帰りなの。クイッチーの前を通ったので寄ってみたわ」

先日と違い今日はオーバーコートを着て長いスカートをはいている。

「どうぞお入り下さい。ちょうど話し相手が欲しかったところです」

男と女が同室にするにはストーブの灯りだけでは暗すぎる。スタンドのランプをつけようとすると
「あらっ、ストーブの灯りとてもすてきね。このままにしておきましょう。私の家にはファイヤープレースがなくて寂しいの。しばらく炎の灯りを楽しませて」

とオーバーコートを床に投げ捨てると鋳物のストーブの前に座り込んだ。

「何か飲む。と言ってもお酒しかないけれど」

「ウイスキーでいいわ。そこの」

私が一人で楽しんでいたディンプルのビンをテーブルの上に見つけたようである。

「氷入れる」

「いいえ、ストレートにしてくれない」

「由美子さんはハズがいるんだろう。こんなところに来たらまずいんじゃない」

「いいのよ。ハズとは先月別れたの。当分一人で生活するわ」

雪が降って来た。

「ベランダのランプをつけよう。壁に雪の陰が映って綺麗だよ」

ベランダのはじにあるランプを灯すとゆらゆらと降り落ちてくる綺麗な雪の影が居間の白壁に映し出されるのを見たのはクリスマスの時である。

「あら、本当に綺麗ね。雪の数まで数えられそう」

白いスクリーンに上から下へ大きな雪の影がふわふわと落ちていく。

「おかわりもらっていいかしら」

「ディンプルでいい？　他のお酒もあるけれど」

「うん、ディンプルがいいわ。これが一番スコッチらしい味がする」

この酒は日本人の味覚に合うのだろうか。私も一番好きなウイスキーである。雪の影が流れる中で会話が弾む。

「私はアメリカに行きたくてベトナム帰りの兵隊と結婚したわ。男の話では大きな牧場の息子というふれ込みだったけれど、こちらに来てみると大嘘だったたわ。たしかに日本の農家に比べれば大きいけれど、アパラチア山脈の南にある農家だった。要するにプアーホワイトというやつよ。私なんか小さなトレーラーハウスに住まわされて、目一杯働かされたわ。まるで単なる労働力よ」

「結局彼の実家を出て夫婦でこちらへ来たの？」

「いいえ違うわ。私は逃げたの。あれじゃあ私の実家の方が裕福ですもの。一人で逃げて来たの。十年前になるわ。よく二年もあそこで頑張れたわ」

「その後彼とは」

「私が何処にいるか知らないはずよ。日本に帰ったとでも思ってるんじゃない。私の実家に問い合わせが来ていたと言うから。でも、親には行方不明ということにしてもらっているわ」

「先日別れた彼は二人目の亭主というわけ」

「違うわ。四人目よ」

「逃げてからロスへ行って日本商社相手のクラブホステスをしていたわ。彼とはロスで知り合ったの。黒人だけれど優しい男だったわ」

「由美子は子供いないの」

「逃げ出した時、子供を置いて来たわ。女の子だった。今では可哀想なことをしたと思ってるわ。でもあの時は自分のことしか考えられなかった」

「日本に帰らないの」

「せっかくアメリカへ来たんだもの。もう少し楽しんでやるわ。これでも結構エンジョイしてるのよ。今日もモントピラーの近くに友達とスキーをしに行ったの。お陰様で良い友達に恵まれているわ。さっきから人のことばかり聞いているけれど。あなたはどうしてアメリカへ来たの」

「亡命さ。日本に研究の自由はない」

「それでアメリカにはあったの」

「今のところこうして研究出来ているから、良かったと思っているよ」

二人はファイヤープレースの前でグラスを重ねている。

「シャワーを浴びてくるわ。ハズがいなくてしばらくご無沙汰なのよ」

と、まるでセックスしに来たという感じである。由美子がシャワールームへ入っていった。まあいいさ、一人くらいセックスフレンドがいてもいいだろう。

白い壁には降り続く雪の影とストーブの炎に照らし出される家具達の影、そして重なり合う二人の影が映し出されている。私はその影を行為の合間にチラリと見ては綺麗だと感じた。でも由美子は夢中で気が付かなかったであろう。終わった時、二人は居間の一番隅に来ていた。激しかったと思う。セックスだけのセックスなんて私には初めてであるし、そういうものには自分はなじめないと思っていた。でもこの満足感は、終わってみて不思議な気持ちである。

「ベッドルームへ移ろう」

「いいえ、此処でこのまま眠りたいの。炎が綺麗なんですもの」

「それじゃあ、ベッドルームから毛布をとってくる」

ストーブに白樺を四本焼べると激しく燃え上がった。そして二人はファイヤープレースの前に敷いた毛布に入った。

「私日本人に抱かれるの二年ぶりだわ。こちらへ来て気が付いたのだけれど、日本人には日本人の肌が合うのよ。もう白人のザラザラとしたシミだらけの鮫肌にはうんざりだわ」

そして由美子は翌朝雪の降る中「また来るわ」と言い残し、帰っていった。

ワン博士との出会い

コラールへ来た以上どうしても会わなくてはならない研究者がいる。中国人研究者のドクター・ワンである。ワン博士の名前は黒田教授からよく聞かされていた。

黒田先生がコラールで研究していた頃、黒田教授の助手を務めていた人である。私が着任した昨年夏、ワン博士はアラスカ　フェアバンクスにあるフィールド実験施設へ長期出張していて会うことが出来なかったのである。そのワン博士が先週帰任したという。

既に三月に入りコネチッカットリバーの氷がゆるみ始めた頃、ワン博士のオフィスを訪ねた。「イエス」という、いかにも東洋人と分かる発声で返事が返って来た。ドアを開けると大柄で分厚い眼鏡を掛けた白髪の紳士がテーブルの向こうに腰掛けている。眼鏡の奥には黒田先生と同じように温厚そうな目が光っていた。

「君のことはドクター・クロダから聞いていた。優秀な研究者がいるから学位を取った後コラールでしばらく研究させてやってくれとね。その時、僕はもちろんオーケーだったけれど、その直後だったね、クロダが死んでしまったのは。まったく残念なことだ。彼はまだ六十歳だったから、これから国際学会で活躍してくれるものと期待していた。それに北斗大学退官後はこの研究所に来てもらい昔のように一緒に研究しようと思っていた」

私にはすべて初耳であった。

「ところで今日は何の用ですか」

別にこれといって用があるわけではない。

「黒田先生からワン博士の話しをよく聞かされていたので、会いたかったのです」

「そうかい。それは嬉しいね。同じ東洋人だから仲よくしなくては。ところで君は何故コラールへ来たの」

〈日本で研究する場がなくなってしまったのです〉と言いかけたが、日本人としての誇りがそれを押し殺した。

「世界で最高と言われる研究所で働いてみたかったのです」と嘘をついてしまった。ワン博士が怪訝そうな顔をした。その表情は何故かウンザリというか納得がいかないというものだった。そしてワン博士はコーヒーを用意するとテーブルにもどり私に訊いた。

「日本は僕が生まれ育った台湾や中国と違って、世界でも有数の工業国家で研究者の仕事もたくさんあるはずじゃないか。まさかトニーはこの国にずっといるつもりではないだろうね」

私はどう返答して良いのか迷った。日本に帰る当てなどなかったからである。

「それはまだ分かりません。将来のことですから」

と口ごもってしまった。

「トニー、他の四人の日本人研究者がこの研究所にいるけれど。彼らにはもう会ったかい」

「はい、ドクター・ウエニシ以外には会いました」

「彼らをどう思う」

「立派な研究者だと思いますが」

ワン博士の顔が少し強張った。口ごもっているのが分かった。なにか言おうとして無理くり押さえ込んだというそんな感じである。そしてワン博士はこの町に住み始めてからのこと、黒田先生の思い出などしばらく話していたが、大きな手に手紙の束を持つと
「トニー、これは中国にいる若い研究者からの手紙で、アメリカで勉強するため何処かの研究所を紹介してくれと、毎月何通もの手紙がこうして来るんだ。半年もアラスカに引きこもっていたらこんなに溜っていた。僕のもうひとつの仕事は中国の若い研究者にアメリカでの研究の場を与えることさ。中国は研究面でまだ後進国だ。これも僕にとってはやりがいのある仕事さ。こういうふうに研究者の交流ができればアメリカに取ってもいいことだからね」

「ワン博士は、もう何人位の研究者をアメリカへ呼んだのですか」

「二十人位かな。今この研究所に四人の中国人研究者がいるが、彼らも僕が呼んであげたの

さ。彼らは蘭州の砂漠研究所のメンバーで、いずれも優秀な研究者だ。彼らは中国政府からの派遣なのでコラールからサラリーを十分払えないのが残念だ。ところでトニーのサラリーはいくらだい」

「二万ドルです」

「たった二万ドル。それは奇妙だねえ。君くらいのキャリアがあれば年に三万ドルはもらえるはずだが。君を呼んだのはヘンリーだね。彼が二万ドルと決めたのかい」

「それは分かりません」

「どうもおかしいね。君の助手はジョニーだろう。彼は十一号棒だから二万八千ドルはもらっている。助手より君の方がサラリーが少ないというのはおかしな話だね」

たしかにそうかもしれないが私にとって研究を続けることさえ出来ればいいのであって、二万ドルもらえれば十分だと思った。しかしトニーのサラリーにこだわるワンの態度が気になった。一時間ほど話し込んで退出した。黒田先生に聞いていたとおりワン博士は温和でしっかりした人のようである。

自分のオフィスにもどるとルームメイトのベッカーが老人と話し込んでいる。後ろ姿から数学者のヒブラー博士であるとわかる。いつも松葉杖を使うこの老科学者はコラールのチーフサイエンチストである。

〈やあ、トニー、どうだい仕事の方は。風洞が完成したそうだね。今度見せてくれよ」

「いつでも、都合のいい時におっしゃってください。案内させていただきます」

数学者のヒブラー博士が突然私のオフィスを尋ねて来たのは昨年のクリスマスの前日であった。

「トニー、君の模型理論について議論したいのだが」

と私のテーブルを挟んで向かい合った。

「トニーの理論が発表されたのは二年前だが、あの時雑誌で君の論文を読んでもよく理解できなかった。それから、どうも気にかかっていたのだが、最近やっと疑問点が解けて来たのだよ」

私が発表した吹雪模型理論は従来の概念を完璧に覆することにより、従来の理論では矛盾が生じていた境界領域を綺麗に説明したもので、最近ではタナカ模型理論と呼ばれている。但し、そう呼ばれているのは国際学会であり、日本の学会は未だに無視し続けている。無視し続けているというよりも、模型理論そのものを理解する知能が欠如しているのである。

「君の理論でいけば、単にプランドルの混合長距離のモデルから導かれる接地境界層の概念を修正しなくてはならないと思うがどうだろう」

さすがにチーフサイエンテストである。私がまだ誰も明かしていないアイデアを見抜いている。

「そのとおりだと思っております。プランドルの理論は純粋流体の運動量交換をもとにしております。混相流体は単に乱流によって運動量の交換が行われるのみならず、粒子の運動によっても交換されますので、壁面に近い境界層については、新たに概念を構築しなくてはなりません。それは次の課題だと考えております」

「しかし驚いたね、フルードやレイノルズの理論で解決できなかったことを君が解決してしまうとは、もしかしたら君は最初から流体物理へ進んだ方が良かったのではないだろうか」

「僕は雪氷学者ですから、雪と氷が好きなんです。今のままで満足しています。吹雪の研究から他の研究分野に影響を与える研究が出来てこんなうれしいことはありません。何故なら、雪の研究が一般科学として極めて重要であることを証明しているからです。」

私はヒブラー博士の生い立ちに興味を持っていた。そこで不躾ながら訊いてみた。

「ヒブラー博士はドイツ生まれと聴きました」

「もともとドイツに住んでいた。僕の父はあの有名な原爆開発プロジェクトであるマンハッタン計画に参加した原子物理学者だった。ナチスが政権を取ってからユダヤへの迫害が始まって、アメリカへ移住することになってしまった。父は原爆を開発しながらもドイツの大都市に投下されるのを恐れていた。何故なら、迫害を受けたとはいえドイツには多くの友人が住んでいたから。〈ナチスが悪くても友人達に罪はない〉と故郷に残る親類友人達への思いやりとナチスへの復讐の思いの間に悩んでいた。父はよく言ってた『ヒトラーはよほどの馬鹿だ』と。ユダヤを迫害したものだからユダヤ系の科学者技術者がみんなアメリカへ渡ってしまった。そしてアメリカの兵器開発力は高まりドイツは遅れを取った。その意味でアメリカを勝利に導いたのはヒトラーそのものだった」

いまの自分もヒブラー博士の父親と同じ立場かも知れないと思った。しかし一つだけ違うことは、自分が祖国を破壊へ導くような過酷な立場に置かれていないということである。そのことだけは救われていると思った。

博士はテーブルに立てかけてあった松葉杖をとると、よいしょとばかりに立ち上がり、部屋を出ていった。もう六十半ばを過ぎているというのに、松葉杖をついて一日も休まずに勤務している。年老いているから研究を手抜きしていると思われるのが嫌いなのである。

浜田夫人のパーティーで会った重機メーカーの加藤さんから電話があった。

「本社に雪シミュレーション用の風洞装置の商品化に取り組むよう提案したのですが、東京の方では時期尚早ということで蹴られてしまいました。米軍がわざわざ日本から田中さんを呼ぶくらいですから、かなり重要な研究であると思い風洞事業部の友人を説得しました。友人は田中さんのいた北海道開発庁から資料を取り寄せ、上司に提案したそうです。しかし上の判断は米軍が実用化したらそれを米軍から購入すればよいというのです」

「おそらくそんなことだと思っていました。その話しを聞いても別に驚きません。日本という国は何でも猿真似すれば事足りると思っている。だから、一流研究者がみんなアメリカへ逃げてしまうのです。加藤さんも適当にしておいたほうがいいですよ。立場を失うと気の毒ですから」

「いや、僕はもう少し粘って見せます。オリジナルな研究がアメリカへ流出するのを目の前で見せつけられるのは耐え難いものがあります。防衛省に知り合いがいますから、そちらの方からプッシュしてみます」

と電話を切った。

そのあと一月ほどして加藤さんからまた電話がかかって来た。

「田中さん、防衛省も米軍が成功したら導入を考えると言うことです。残念ですが現状では動きようがありません」

「加藤さん、日本という国はそんな国です。だから僕は国を捨てて来たのです。いまさら、あの国の役にたとうなどとは思っていません。その話しはなかったことにしてください」

ニューイングランドの春

春である。雪は急激に融け始め、暖かい日はダートマスの学生が水着に着替えて日光浴を楽しんでいる。研究所に着任して八カ月がたった。

道端にまだ花は咲いていないが、草花の芽は着実に伸びている。

小松博士の自宅へ招かれた。今まで何度か博士の研究室を訪ねたりしたが、いつも不在か在室していても忙しいからと言って拒否されてしまい、話す機会がなかったのである。そんなふうに遠ざけられればられるほど、小松博士に興味が湧いていたのである。札幌のシンポジウムでは満面に笑みを浮かべていたのにいったいどうしたのであろうか。

四月も末のある夜、庭に地蔵さんのある小松博士の家を訪ねた。

「いつか食事に呼ぼうと思っていたのですが、体調が思わしくなくって、やっと最近調子が戻ってきました。毎年冬は体が冷えるので辛いのです。どうですか仕事の方は」

小松博士は少し赤らんだ顔に札幌であった時のような明るい笑みを浮かべ、陽気に私を迎えた。気のせいか禿げたイガグリ頭のてっぺんまでが赤く火照っているようである。

「お陰様で風洞も何とか完成して、プロジェクトも来ました。何とか研究も継続できる体制が出来つつあります。アメリカへ渡ってきて正解だったのかも知れません」

「そうです。アメリカはいいところです。私なんかこの歳になっても好きな数学をやっていられるのは、やはりアメリカのおかげだと感謝しております」

「そうね。本当にアメリカのおかげですよ。私たちも田中さんと同じように日本で研究する場を失って此処へ来たのよ。あの時はもう主人も研究を諦めてサラリーマンするしか道はないと思っていたわ」

と夫人が優しそうに微笑んだ。

「田中さん、ビールでも何でも召し上がって下さい。私はこれでいいですから」

と小松博士はノンアルコール飲料を手に取った。

「はい。小松先生はアルコールを控えているのですか」

「はい。ちょっと主人は体の調子を悪くしておりまして、お酒は飲めないんです」

と夫人がつけ加える。

「私はもう一人の人間が一生に飲む分を飲んでしまいました。ハッ、ハッ、ハッ」

と笑った。その笑い方には底抜けと言えるほどの明るさがあった。コラールへ来てから何度か博士の研究室を訪ねたがその時の暗い陰鬱さとは打って変わって明るいのである。その変貌ぶりには何か違和感すら感じられるほどであった。

「小松先生、ところで庭の地蔵さんは日本から持って来たものですか」

「船で運んできました。飛行機ではずいぶん高くついてしまいますから」

「僕は時々この地蔵さんの前を通らせてもらうのですが、あの地蔵さんの顔を見ていると心が安まります」

「私はある宗教に入っているのであの地蔵様を置いているのです」

小松博士が新興宗教に凝っていることは浜田夫人から聞いていた。

「それは日本の宗教ですか」

「宗教に国境はありませんから、日本のというわけではありません」

「また宗教の話しですが、今日はせっかく田中さんがいらしてくださったのですから、その話しはこの次になさったら」

と夫人が話しを遮った。

「まあ、今日は詳しい話しはしませんが、ひとつだけ話しておきましょう」

と身を乗り出して来た。その目には何故か明るさとは違ったギラギラと光るものがある。

「人というものは善を施すことにより救われるのです。どんな辛いことがあっても人を怨んではいけません。そういう人には逆に善を施すのです。

これを宗教では〈徳を積む〉と言って、人が幸せになるための第一歩なのです。積んだ徳は将来必ず自分に戻ってくるものなのです」

小松博士のその発言には異様な力強さがあった。奥さんが話題を変える。

「田中さん、国のお母さんから日本食なんか送ってくるのでしょう」

「はい、先月も札幌ラーメンのセットを一箱送ってくれました。そうだ今度いくつかお持ちしましょう」

「あらっ、それはありがたいわ。ニューハンプシャーで札幌ラーメンが食べられるなんて思ってもみなかったわ」

小松博士はまだ宗教の話しを続けたいのであろうか、ムッとした表情でノンアルコールのビールをあおっている。

「小松先生は数学が専門だと聞きましたが東大農学部の何処で数学を勉強されたのですか」

「私は農業工学で数学を勉強しました。子供の頃から数学が好きで本当は東大の数学科へ入りたかったのですが、受験の時の私の学力では数学科は無理だということで、農学部へ行きました。今思えば何も東大でなくても他の大学の数学科で良かったと思うのですが、父がどうしても東大でなくてはならないと言うので、別に好きでもない農学部に入ってしまいました。もしもあの時、他の大学の数学科に入っていれば、日本での数学の研究を続けることが出来たと思います。農業工学出身で数学をするものだから学会から排斥されて結局こんなことになってしまいました」

「僕も同じ農業工学出身で雪の研究に入ったものですからこんなことになってしまいました。日本の学会は閉鎖的でよそ者を排除しようとするので、いつもでたっても世界的には二流です」

「まったく田中さんの言うとおりですね」

日本でのことを思い出したのであろうか小松博士は、少し顔を曇らせた。

「これからコラールでどうなさるつもりですか」

と夫人が私に聞いた。

「僕はまだどうなるか分かりません。日本を出て未だ七カ月しか経っていませんし、いつパーマネントポジションをもらえるのか、それどころか今のプロジェクトの後継ぎのプロジェクトが来るのかどうかも分かりません。もしもプロジェクトが続かなかったら日本へ戻って研究を諦め、普通のサラリーマンをするつもりです」

「田中さんのプロジェクトが途切れることはないでしょう。所長もずいぶん気に入っているようですし。そんなに将来のことを心配することはないと思います」

「小松先生はコラールへ来た時からパーマネントポジションで来たのですか」

「いえ、最初の五年間は今の田中さんと同じようにコントラクトリサーチャー（契約研究員）でした。ですから、今の田中さんの気持ちはよく分かります。いつも将来に不安を持っているのでしょう。でも田中さんは独身だからまだ気が楽でしょう。私の時は子供を三人もかかえていましたから胃が痛くなる毎日でした」

「子供さんは今どちらにいるのですか」

「長男は田中さんより二つ年上でエールでＭＢＡをとり、いまモルガントラストで働いています。次男はカリフォルニア工科大学で地球物理学の研究をしています。そして、末娘はＭＩＴのビジネススクールで勉強しているわ」

と夫人が応えてくれた。

「三人ともこの国ではうまく育ってくれました。それだけは私たちも救われています。長男がこの国へ来たのは中学一年の時でしたから、言葉のハンデイが大きくて随分戸惑ったようです。こちらのミドルスクールに編入して一月ほど経った頃でした。『お父さんはどうしてこんな国へ自分を連れて来た』と毎日のように泣いていました。そのたびに私たち夫婦はつらい思いをしたものです」

「息子さんが言葉を克服してアメリカに馴染むのにどれくらいかかりましたか」

「やはり一年位かかりました。中学一年では言葉を変えるのには遅すぎたかも知れません。小学校の頃ならもっと早く言葉を覚えたのでしょうが。一番下の子は当時小学校の一年でしたから、別に問題なく馴染んでいたようです。結局『こんな不甲斐ない父親を持ってしまったと思い諦めてくれ』と説得するしか道はありませんでした。あの時は本当に辛かったです。自分の将来は不安定ですし、家族からは責められるし、毎日のように胃が痛み、ちょうど一年経った頃体調を崩してしまいました。私が体調を崩したことで家族も諦めてくれたようです」

「あの頃、私もアメリカの生活に馴染めず主人一人が家族のストレスを背負ってしまうことになってしまいました。本当に主人にはすまなかったと思っているわ」

「でも、子供さんたちは一流大学を卒業されたのですから教育の面では良かったのではないですか。日本にいたらエールやＭＩＴに入るのは難しいですもの。僕なんか羨ましい位です」

「長男は今ニューヨークのモルガントラストに務めてますが、来年の春から東京勤務になるはずです。彼は日本語も話せますから、それだけが彼にとってこの国へ渡って来たメリットかもしれません。彼は完全なバイリンガルですから、日本とアメリカの間の仕事をこなせるはずです。息子が東京勤務になったら、私は時々日本に帰ります。息子に会うのを理由にして」

「小松先生はこちらへ来てからいくつ論文を発表されましたか」

と私は聞いた。それはどの程度の論文を発表すれば小松博士のようにコラールに残ることが出来るのか知りたかったのである。小松博士はしばらく返答に困ったのか少し沈黙を置いた。

「私は数学屋ですので、論文の数で勝負しようとは思いません。この研究所へ来て既に二十年経ちますが、まだ五編しかありません。すべてコラールリポートに掲載したものです」

私はまずいことを聞いたと思った。二十年で五編はコラールの他の数学者であるヒブラー博士やインド人のデニアルに較べるとずっと少ないからである。デニアルは十年間で二十の論文を提出していたし、彼の論文は全て国際学会の専門誌である。小松博士がそんな少ない論文数でこの研究所に残れたというのは驚きですらある。私は既に十五の論文を専門誌に発表している。いくら彼が数学者であっても、あまりにも論文が少ないという印象を持った。〈聞かなければ良かったと思った〉と思った。少し気まずい雰囲気が流れた。小松博士が話題を変えた。

「どうですか。浜田さんの所へは時々顔を出しているのですか」

「はい。パーティーなんかに呼ばれることがあります」

「そうですか。あの人たちはパーティーが好きだから。奥さんは相変わらずですか」

その言葉の裏には何か嘲笑のようなものが見え隠れする。

「相変わらずと聞かれてもどう答えて良いか分かりません」

「いや、元気ですかと聞いているのです」

「日本画を教えたり、日本語を教えたり、結構忙しいようです」

「浜田さんの奥さんは不思議な人ねえ。日本のことが嫌いだと言いながら、日本を捨ててきて良かったと言いながら、日本の文化を売ってお金を儲けているのですから。彼女の日本嫌いは相当なものですから。こちらへ来ても日本式の生き方を捨てない私たちのことが気に入らないのね。そんなに日本が嫌いなら日本の文化でお金儲けするのはよせばいいのに。まして、日本画の先生なんかすべきではないわ」

穏やかな表情を残しながら夫人は辛辣に言う。

「私たちはこちらへ来ても日本的な生活を変えなかったから、子供たちは三人とも素直に育ってくれたのよねえ、あなた」

「そうです、私たちは好きでこの国へ来たのじゃない。だから日常生活の中でも自分の国を捨てることは出来ませんでした。別に意図してそうしたわけではありませんが、子供たちにはいつも日本人なのだということを忘れないよう教育してきました。それがアメリカでは大切なことなのです。祖国を軽蔑する移民はこの国では存在価値はないのです。たとえアメリカ人になっても自分の祖国を大切にしない人は軽蔑されます」

「どうですか、マモルさんは元気かしら」

夫人が皮肉そうに聞く。

「ピース・トゥループ（平和部隊）に入ってインドへ行くと言ってました」

「私たちの悪口を言ってる暇があったら、マモル君の将来でも考えてあげればいいのに。彼は本当に親のわがままの犠牲者よ」

日本人同志の非難中傷を聞くたびに気が滅入ってしまう。此処はアメリカである。此処には閉鎖的な学会はない。日本人同志の啀み合いに嫌気が差し、そうそうに小松博士の家を退出した。

インターステート・ハイウェイから四号線へ降りる時、愛車ツーリスモの目の前を銀色の光が横切り、道路の脇の側溝に駆け込むとじっとこちらを見ている。ヘッドライトはそのままにツーリスモを止め、その銀色の目がどうするのか見ていた。野草が伸び始めたばかりで動物達が身を隠すのは難しい。

いきなり大きなアライグマ一匹が飛び出した。そして道路を横断すると右手の雑木林に消えた。

もう春である。冬眠から醒めたアライグマが餌を求めて行動し始めている。昨秋、毎夜のようにベランダに登って来たアライグマも既に冬眠から醒め、またその美しい姿を見せてくれるかも知れない。

ニューイングランドに夏が来て

高緯度地方特有の短く明るい春が過ぎた。六月の初めだというのに、もう真夏のように気温は上がり、太陽はダートマスの木々の緑に強いコントラストを投げかけている。アメリカでの一人暮らしにも慣れ、クイッチーからハノーバーへ至る裏通りの変わりゆく季節を楽しめるようになっている。目前をアライグマが横切っても驚かない。

コラールへ来た時、あれは八月の末であったが、あの時、廻りの人たちは九月から十月にかけての紅葉の季節が、この地方における最も美しい季節だと話していた。こんなに明るい太陽が輝くのなら、六月がニューイングランドの最高の季節であるように思われる。

去年の秋、私の寂しさを慰めてくれたアライグマは今年は仲間を連れてベランダに現れた。私はその仲間に次男と同じ名前をつけて呼ぶことにした。二匹とも私が用意したパンやドッグフードをおいしそうに食べていく。

私の居間は二階にあるから、二匹がベランダへ上がるにはベランダを支える木の柱を登ってこなくてはならない。

ある日、一階の寝室に降りて兄弟が柱を降りてくる様子を見ていた。二匹が食事を終わってベランダの柱を降り始めたのを見計らって、片手に大きなフラッシュライトを持ち、寝室のベランダからライトをあてた。二匹は頭を上に大きなシッポを下にして、ぎこちなく手足を動かし降りてくる。その手と足の動きにリズムはなく、何か足場が見つかればそこに足を引っかけるといった格好の悪さである。その二匹がフラッシュライトの灯りで辺りの雰囲気が変わったことに気が付いたのか、キョトンとした目で辺りを見回している。ライトに照らし出された二匹の目が光っている。

そしてまたぎこちなく柱を降り始め、ベランダの下の藪の中に消えた。

二匹がその藪の中に消える時、大きなストライプの尻尾だけがしばらく藪の外に残っていたが、立ち止まって振り返り、藪の中からこちらを窺っていたのかも知れない。二匹を見送り居間へ戻る。ソファーに体を横たえ、ディンプルを片手にボンヤリと木々の横から漏れてくるクイッチーレークの対岸の灯りを眺めていた。緩い風に木の葉が揺れる度に灯りが瞬き、仕事に疲れた体を癒してくれる。クイッチーレークの手前の道でパトカーのサイレンが短く響き、警告灯が湖の畔で止まった。綺麗な灯りである。ぼんやりと薄紫色に光っている。

しばらくして、また、パトカーのサイレンが聞こえ遠ざかっていく。その消えていくサイレンの音を目を閉じて見送った。

数分おいてまたベランダへ目をやると、今しがた走り去ったはずのパトカーの灯りが未だ同じ所にとどまっている。不思議に思い凝視しているとパトカーの警告灯と思っていた灯りが数センチ、〈ツツー〉と移動した。車の灯りでないとするといったい何の光なのだろう。私は四つん這いになるとそのままベランダのガラス窓へ這っていった。そしてガラスの向こうに怪しく光る物をガラスに鼻をこすりつけて見た。虫である。長さは二センチほどで柔らかそうなお腹の先が光っている。

蛍だ！

私が生まれて初めてみる蛍である。居間の他の窓に目をやるとファイアープレースの上の窓にも淡い紫色の光が貼り付いている。〈あっ！　見つけた〉と思った瞬間、その光は飛び去っていった。

そしてもう一度ベランダのガラスを見ると、こちらの蛍も何処かへ飛び去ってしまったのかいなくなってしまった。

次の日の夜から私のコテージは蛍の群舞に覆われた。コテージの窓全てに蛍が群がり、淡い青紫の光のネオンサインを灯している。

コラールからの帰り道、蛍は光のトンネルを作って私のツーリスモを迎えた。数え切れないほどの光の筋がフロントガラスの周りを通り過ぎていく。

「まるで光のトンネルだわ」

スーパーからの帰り道、由美子が助手席ではしゃいでいる。

「僕は札幌生まれの札幌育ちだから、蛍を見たことなかったけれど、こんなに綺麗なものだとは知らなかったよ」

「そうね。北海道の人は蛍を見る機会が少ないですもの」

「まるで消え入るようなブルーに光っているね。どうやってあんな光を出すのだろう。興味が湧くよ」

「やっぱり俊彦は科学者なのね。いつも科学のことばかり考えているわ。そういうのはコラールにいる時だけにして、私と一緒にいる時は私だけの俊彦になって。蛍を見てその発光のメカニズムを考えるのはやめて欲しいの『あれは美しい。まるで由美子のようだ』と言って欲しいの」

光のトンネルをくぐり抜けツーリスモはコテージに着いた。

「わーっ！　きれい。どうして俊彦のコテージにだけこんなにホテルが飛んでいるの」

「おそらく周りの草薮をそのままにしてあるからだと思うよ。他の家は周りを芝生にしたりしているから」

車のドアの前に立つ二人の周りを蛍が飛び回る。

「草を刈らないで良かったね。不精であることも、もしかしたら特典があるのかしら。一エーカの敷地の何処も木と草だらけですもの。蛍の天国ね。それから俊彦が愛するアライグマさんにとっても」

「さあ、家に入ろう」

大きな紙袋を抱えてドアを開けた。

「ねえ、ちょっとドアを押さえていて」

私が手でドアを開けると蛍が二匹家の中へ紛れ込んだ。窓という窓、ガラスというガラスの外が蛍に埋め尽くされている。

「本当に綺麗ね。ねえ灯りをつけずに蛍を楽しみましょうよ」

私は居間のフットライトだけを点灯した。ソファアーの上に紙袋を投げ出し、二人でソファアーに並んだ。

「そうだ、ベランダの前にソファアーを動かそうよ」

ベランダの前にソファーを移すと、また蛍の灯りを楽しんだ。ベランダのスクリーンには淡い青紫の柔らかい光の点が留まり、また、飛んで来ては飛び立っていく。その光の向こうの遠くに、クイッチーレークの対岸のコンドミニアムの灯りが暖かい風に乗って揺らいでいる。由美子はその顔を私の肩に押しつけて来た。そしてそのまま肩から膝に顔を滑らせると膝枕のまま私の手を握った。

私がその手に力を入れると由美子もまた握り返して来た。

「髪を伸ばし始めたのは俊彦が長い髪が好きだと言っていたからなのよ」

肩の少し下まで伸びた髪を手でまさぐっていると、由美子はその手を胸に持っていった。体つきは華奢なのに胸だけは大きい。ベランダには先程ドアから入り込んだ二匹の蛍がガラスの内側に貼り付いている。由美子と私はソファーの下のカーペットの上に横になると激しく愛撫していた。対岸の灯りはポッンポッンと消えていく。まるで互いの毛穴のひとつひとつが相手を求めあうかのように抱き合っていたような気がする。そして二人は床に横たわり、ベランダに向かっていた。

「由美子の頭がじゃまで蛍が見えないよ」

と私が彼女の頭を押し下げると、

「私はこの姿勢が好きなの。頼むから美しいものに感動する事をじゃましないで」

と、またもとの姿勢に戻る。仕方ないから自分の頭を床において由美子の右腕がつくるトライアングルを通して蛍をみている。そのトライアングルに由美子の黒髪が垂れてくるたびに髪をかきあげる。

「もしかしたら、あの蛍、可哀想かもしれない。いくらあんなに激しく愛し合っても、この部屋から出られないいんじゃ虚しいわ」

「それって僕達のことかな、アメリカという閉ざされた部屋の中でこうやって抱き合っている」

その時私は繋いだ手を強く握られるのを感じた。由美子は裸のまま立ち上がると、その蛍を窓の外におぃやった。

「あの蛍、仲間の沢山いるところへ行って幸せになれるといいね。私たちも仲間の沢山いるところで愛し合う方がしあわせかもーーー」

そう呟くと、膝を抱いて座りこみ、壁にもたれ掛かったまま黙り込んでしまった。クイッチーレークの対岸の灯りを見ると、コテージ群の窓灯りは消え、街路灯だけがユラユラと梢に揺れていた。

蛍たちの群舞がピタリと止むとニューイングランドはいよいよ真夏を迎えた。

時々私の部屋にコーヒーを飲みにくる、元「米兵」のピートが

「トニーいったいいつになったらディナーに来てくれるんだい。ワイフは待ちくたびれているぜ、いくら日本車が耐久性に優れてると行っても、もう半年も待たされている。今度の週末には必ず来てくれよ」

彼女は栃木の農家出身で、その日本語には北関東の訛りを残している。艶の良い黒髪といわゆるもち肌と言われる白い肌はピートが自慢するだけのことはあると思わせる。若い時は随分美人だったのだろう。

「私が東京へ出たのは昭和二十五年だったわ。あの頃の日本は未だバラックがたくさんあって、毎日を食べることで一生懸命だったわ。ハズに『結婚してくれ』と言われた時、正直言ってしめたと思った。相手は誰でも良かったの」

隣で日本語の分からないピートが人が良さそうにニコニコしている。

「ハズには内緒だけれど、これで田舎の両親に楽させてあげられると思った。当時はこちらから十ドル送るだけで喜ばれたもの。私がこちらでアルバイトして日本にお金を送ったの。その仕送りで古い家を建て直し、田んぼも広くしたのよ。でも今は逆に実家の方が年に何度か食品を送ってくれる。昨年十年ぶりに里帰りした時は飛行機代を全部だしてくれて旅行させてくれた。日本は本当にお金持ちになったのね。時々日本に帰りたくなるけれど、もう私はアメリカ人だし子供たちもみんなこちらにいるから無理よ」

「ピートは将来ワイフと日本に住むと言っていましたが」

「この人は何も分かっていないのよ。アメリカ人は簡単に国籍を戻せると思っているから。出戻りには抵抗があるの。私古いのかしら。戦争花嫁が一番嫌うのは出戻りよ。私もそうだったけれど、親の反対を押し切って国際結婚した人が多いから、今更結婚に失敗したからと言って帰国したら、田舎じゃ笑い物になるわ。私の友人でこちらへ来て三度離婚し、ニューヨークのナイトクラブでホステスをしている人がいるけれど、彼女は死んでも帰らないと言ってるわ。彼女なんか婿養子をもらって家系を継ぐはずだったのを周囲の反対を押し切ってこちらへ来たから無理もないのよ」

少し沈黙をおいて、

「実はその彼女としめしあわせていることがあるの。それは、どちらかが先に死んだら残った方が死んだ方の骨を焼いて日本に送ることになっているの。残された方は私の息子が送り返すことになっている」

「奥さんはもうアメリカ人だからピートが許さないんじゃないですか」

「ハズにはこれだけは私のわがままを聞いてくれと承諾してもらった。やっぱり日本人ですもの。日本の墓に入りたい」

　私がその家を辞した時、彼女は
「日本語を思いっきり話したかったの。田中さんのおかげで久しぶりに話せたわ。ありがとう」

と打ち明けた。

　彼女はこの小さな町の日本人社会から隔絶されている。日本語を話す機会がほとんどないのである。理由は簡単である。

「ピートの奥さん、言いづらいけど、米兵相手の売春婦、いわゆるパンパンだったのよ。あまり付き合わない方がいいわよ」

と他の日本人たちがふれ廻っているからである。

コラール誕生日

六月二十四日でコラールは満二十五歳になる。ワシントンから陸軍工兵隊長が来て盛大な祝典が催されるそうである。カフェテリア（職員食堂）の壁にはコラールに功績のあった研究者たちの写真が展示されている。その写真の中に理解できないことがあった。

シカゴの倒産した元クリーニング工場の小さなビルからこの研究所は始まった。当時の職員数は十九人、研究員はわずかに五人、あとはセクレタリー、運転手、事務員、そして所長である。五人の研究員の一人が中山教授であった。壁の中央には一人の研究員の写真が大きく引き延ばされて展示されている。その研究員は中山教授と同じように陸軍の依頼でスイスの雪崩研究所から招請されたベーダー博士である。中山教授の写真はひとつもない。何故この研究所の実際の立役者であり、雪氷物理学の開祖である中山教授が無視され、平凡な研究者であり、これと言って業績のないベーダー博士がこんなにも丁重に扱われているのであろうか。不思議である。もしかしたら私の知らないところでベーダー博士は大きな研究成果を上げているのかも知れない。ライブラリ（図書室）へ行き研究者リストでベーダー博士の研究成果を確認してみる。

小太りで背の低い司書のリンダが奥のオフィスから出て来た。

「トニー、この前お願いした日本で開発された凍土掘削機の件どうなったかしら」

「日本のメーカーに手紙を書いておいたから、そろそろ資料が届くと思いますが」

「そう、トニーのところへ着いたらすぐ届けてね。凍土研究部門のマルチネリが欲しがっているの。ところで今日は何の用」

「スイスのベーダー博士の論文を見たくてね」

「それなら簡単よ。向こう側の棚にカードリストがあるわ」

研究者の研究実績を調べるのは簡単である。

世界中の寒冷地研究者の論文が集まるコラールのライブラリでは各研究者の論文ごとにカードが作られている。そのカードにはコラールの研究者と外部研究者への貸し出し記録が記されている。カードの枚数は研究者の論文数を示し、貸し出し数はその論文の必要性、すなわち論文の質を示す。カードの枚数に各カードの貸し出し数を掛ければ研究者の能力を知ることができる。ベーダー博士のカードを見ると十八枚である。次に恩師の黒田先生のを見ると五十三枚である。私のは十五枚ある。浜田博士が十枚、小松博士が五枚、関博士は七枚。ついでに北斗大学寒地研の前川教授のを見るが、未だカードは作成されていない。最後に中山教授のを調べる。百二十八枚である。しかも各カードは貸し出し記録でほとんど真っ黒になっている。ベーダー博士と中山教授の差は歴然としている。なのに何故中山教授は軽んじられているのであろうか。マモルやジャニスが言っていたことが脳裏をよぎる。これが人種差別というものなのだろうか。もしこれが実態だとすれば、私がどんなに立派な仕事をしたとしても、有色人種であるという理由で将来このように扱われるのかも知れない。

二十五周年の写真や資料が展示されているカフェテリアで珍しく関博士を見た。いつもなら午後二時といえばカフェテリアは閑散としているのに、今日は大勢の人が集まってパーティーを開いている。年に一度のコミッティー・オブ・イークァル・オポチュニティー（機会均等委員会）のパーティーだという。同室のベッカーに聞いてみた。

「コミッティー・オブ・イークァル・オポチュニティーって何だい」

「人種差別、性差別、身体障害者等あらゆる差別を防止するための委員会で本部はワシントンにある。コラールにもキング女史という専従職員が一人いる。もしも、トニーも差別されていると感じることがあったら、キング女史に相談することだよ。キング女史は法律に照らして、ワシントンの本部と相談して必要な措置をとる」

「何故関博士がそのパーテイーに参加しているの」

「トニー知らなかったの。ドクター・セキは五年前脳卒中になり、一時右半身がマヒしたんだ。それ以来、ハンディキャップド（身障者）としてイークァル・オポチュニティーの世話になっている」

「もしも日本にそんな組織があったなら、僕はアメリカへ渡って来なくてもよかったかもしれないね。日本の学会は閉鎖的で縁故のみで運営されているところがある。僕のようにコネも何もない研究者はこうしてアメリカへ逃げてくるしかないのさ」

「日本は先進国なのに学会だけは後進国以下だね。そんなことアメリカ人には信じられないよ。トニーに忠告しておくけど、トニーは日本の学会の差別にあって、この国へ逃げて来たなどと口外しない方がいいよ。アメリカ人は優秀な研究者が学会で排除されるということが理解できないから、単に日本の学会では無能で身の置場所がなくなって、この国へ逃げて来たと思われるからね」

「日本の学会とアメリカの学会はそんなに違うのかな。そこまで言われると僕にはショックだよ」

「僕がこんなことを言うのはこのコラールの中にそのように噂されている人がいるから、彼はその点でずいぶん損をしていると思う」

「本当、それは誰」

「同じ日本人の君にそれは言いたくないよ。それは聞かないでくれ」

私は自分が日本人であることにますます落ち込んでしまう。そんな悪い評判を立てられている日本人とは誰なのだろうと、そのことが気になってしまった。

イークァル・オポチュニティーで見かけた関博士が話しがあるというので博士のオフィスへ行く。

「君は黒田さんの弟子だったたね」

「はい、弟子ではありますが先生の研究室にいたわけではありませんので、非公式の弟子ということになります。もっと正確に言えば先生のご自宅で習いましたので、家弟子というのかも知れません」

とジョークのつもりでそう言ったのだが、関博士は〈ふん〉とばかりに横を向いた。

「そんなものかね。僕はそう思わないね。君は師弟の関係を安易に考えすぎているようだ。同じ研究室で一緒に研究して指導を受けてこそ初めて弟子といえるものだと思うがね。ところで田中君、君に少し話しておきたいことがある。君は自分の研究実績をどう思うかね」

「どう思うと言われても答えようがないのですが」

「やはりそうかね」

と陰気そうにうつむいたまま答える。

「要するに僕が言いたいのは、若い時自分の研究に過度の自信を持つと研究がそこでストップしてしまうということなんだ。要するに自惚れてはいけないということを君に進言したいのだよ」

いきなりこんなことを言われてしまうと戸惑ってしまう。

「別に僕は自分の研究に過度の自信を持っているわけではありませんし、まして自惚れてなどいませんが」

「君が風洞実験装置を完成し、所長もずいぶんお気に入りのようだけれど。物理学者としての僕の目から見ると君の研究は科学的考察が足りないように思う」

「たしかに物理化学的特性としてはまだ十分考察してあるとは思いませんが、まだ十分そこまで研究する時間がないのです。まず流体物理的考察を終えてから物性論に入っていこうと思っています」

「いくら君がそう言っても、もしも君が黒田先生から教わったものが中山雪氷学だとしたら、まず、君がすべきことは雪の変わりに使う粘土の表面特性の研究であって流体特性については後回しにすべきではないかね。中山教授は物性物理学者であって、流体力学の研究者ではなかったからね。だいたい君はまだ粘土のＰＨも測定していないではないか」

「それの方はメーカーの方が測定しておりますので」

「そういうことでは中山雪氷学の弟子とは言えないね。中山先生ならそんないい加減な研究態度をとっていたら、すぐに研究室から追い出したろうね。ＰＨの測定というのはたとえ化学屋でなくても真っ先に測定しなくてはならないことだ。そんな初歩的なことすら君は分かっていない。黒田さんは本当に君に中山雪氷学を教えたのかね」

「それではＰＨの測定をしてみることにします。少し時間がかかるかもしれませんが」

「とりあえずそうしなさい。二三週間もあればその測定は終わるでしょう。できたらレポートにして持ってきなさい」

何故関博士にレポートを提出しなくてはならないのか理解しかねる。これではまるで学生である。頭は禿げ上がり、その頭全体を白い産毛が覆っている。半身がマヒした名残なのだろう。右手は常に小刻みに震え歩く時足を引きずっている。

「君にもうひとつ宿題を出そう」

と震える右手をテーブルの隅へ伸ばし古ぼけたノートを取りだした。ノートを手にした時、震える手の弾みできちんと積んであった書物が少しずれてしまったが、それをまた器用にもその震える手で直した。

「これは昔僕が中山研究室で雪の凝結核の成分分析をする時に使ったノートです。君も粘土の成分測定を試みてはどうだろうか。面白い結果が出るかも知れない。来週までに測定法を考えメモにして持ってきなさい」

ともうひとつ宿題を出されてしまった。

正直言って私に関博士からの「宿題」に付き合っている暇はない。困ったので、ボスに相談した。吹雪風洞プロジェクトの完成を最優先にせよと所長から命じられているボスにとって、関博士からのＰＨ測定強要など余計なお世話である。ボスはその場で関博士に電話して私の仕事に口を挟まぬよう釘を刺した。関博士は白人のボスからの命令には素直に従うようである。

ニューハンプシャー州とバーモント州の州境、コネチカットリバーに人工的に作られたビーチでは子供たちが歓声を上げている。アイビーのリーグ戦に備えての練習であろう、エイトのクルーが掛け声をかけ合いながらコネチカットリバーを上っていく。

また浜田夫人からパーティーに招待された。

「田中さん、私の友人のリンダさんの家でパーティーがあるの。リンダさんは旦那さんと日本にいたことがあって親日家というところね。手紙でリンダさんの家の地図を送るから来てよ」

リンダさんの家はハノーバーから車で三十分ほど北のモーレー湖の畔にある。別荘造りの大きな木造四階建ての建物であった。

ドアを開けると犬のフィリックスも来ていて元気よく私を迎えた。

「田中さん来たわね。紹介するわ。リンダさんよ。リンダさんは亡くなったご主人と一緒に日本での生活が長かったの。それで日本人の友人が多いのよ。田中さんもこの機会にリンダさんと友達になることね。これからお世話になるかも知れないわ」

歳は五十歳位、背は高く百八十センチほどもありそうである。髪は赤毛で少しきつい目をしている。ドイツ系の人かも知れない。

「トニーは札幌の出身ですってね。私もハズと一緒に行ったことがあるわ」

「観光旅行ですか」

「いえ、ハズの仕事に付いていったの。ハズはＩＢＭで働いていたの、あの頃は何処へ行っても日本の人たちに善くしてもらって、とても幸せだったわ。だから、私は日本については良い思い出しかないわ。トニーはアメリカが気に入った」

「はい。自由に研究させてもらっています。アメリカはすばらしい国です」

アメリカ人はいつもこうだと思う。アメリカが賞賛されるのを期待してアメリカはどうかと聞いてくる。そして期待通りの答えが返ってくると満足するのである。ところがリンダさんは少し違った。

「そうかしら。私はハズが病気になったからアメリカへ戻って来て此処に住んでいるけれど、本当は日本に残りたかったわ」

「リンダさんはどうしてそんなに日本が好きなのですか」

「歴史があるのよ。それに東洋の文化には優しさと大らかさがあるわ」

「でも私たち科学者に言わせれば、アメリカの研究体制は完璧だと思います。科学者にとっては世界で一番いい国です」

「アメリカが科学技術に力を入れるのは歴史も伝統もないこの国にとって、科学とスポーツしか歴史のある国に対抗できるものがないからよ」

「でも科学技術を大切にしない国はその独自の文化と伝統を守ることは出来ないと思います。何故なら科学技術は国の安全保障そのものだからです」

「もしもアメリカに文化があるとしたら、それは自由と民主主義ね。たしかにこの国は自由と民主主義を守るために科学技術にやっきになってるわ。トニーもそのためにこの国に呼ばれたのね」

「日本人は自分で自分の国を守ることをせず、アメリカという外国に文化と伝統を守ってもらっています。アメリカがその気になれば、日本の文化など根絶されてしまうことを政治家も文化人も誰も気が付いていないようです」

「ミシマはそのことを憂えて死んだんじゃない」

「僕は文学については素人ですのでよく分かりませんが、もしもそうだとするなら、ミシマに同情します。今日本人のノーベル賞受賞者のうち二人がアメリカに住んで、アメリカのお金で研究させてもらっていることに何の屈辱も感じていないのが今の日本人なのです。もしも世界的業績をあげたアメリカ人科学者がアメリカの学会から追放されて、外国で研究せざるを得ないということになったら、アメリカ人はそれを黙って見てはいないでしょう。おそらく国家の威信にかけてその研究者を呼び戻すことでしょう。日本とアメリカはそれほど差があります。だから僕はアメリカへ亡命しました」

「いずれにしても、アメリカ人の私はアメリカが日本の文化を守って上げることに賛成だわ。私は日本の文化が好きだから」

　リンダさんとそんな立ち話をしてからヨットが浮かぶ湖畔に出た。そこには浜田博士と小柄な日本人が小さなテーブルに向かい合っている。

「田中さん紹介します。ダートマスで美術を教えている古川さんです」

小柄で地味に見える日本人がアメリカでも有名な彫刻家だという話しは浜田夫人から聞いていた。

「古川さんは彫刻家だということですが、どんな作品を作っておられるのですか」

「僕は動物の骨格を作っています。例えば魚とか哺乳類、それからまったく空想の動物とか。骨格には機能的な美があります。ニューヨークにいた頃は版画をやっていたのですが、今は骨格に凝っています」

「それは昔日本の漢方医が修業時代にやったという人間の骨格標本造りに影響されたのでしょうか」

古川さんの表情が少しこわばった。

「いえ骨格標本と彫刻は違います。私のは芸術です。どうも日本には前衛芸術の分からない人が多いようです」

つまらないことを言ってしまった。

「古川さんは何故日本に帰らないのですか」

「日本では前衛芸術が生き残るのは難しいのです。もし僕が日本に帰っても、生活の目処はたたないでしょう。単なる骨格標本だと言われておしまいです。今あなたに言われたように。僕も五十歳を過ぎましたので、日本に帰りたいのですが、日本に帰って一から出直すより、此処で一生を全うする方がいい仕事を残せそうです」

前衛芸術家にとっても日本という国は生きて行くには辛いところなのである。

浜田夫妻が私のテーブルに来た。それと同時に古川さんは寄り添っていたフランス系アメリカ人の奥さんを連れ、沖へヨットを滑らせていった。

「田中さんどうです、小松さん関さんとはうまくお付き合い出来ていますか」

浜田博士が話しかけてきた。顔を赤くして、かなり酔っているようである。こんなに酔っている浜田博士を見るのは初めてである。

「はい、何とか」

「あらっ、何とかということは、何かあったということかしら」

浜田夫人が口を挟む。

「いや、別にそういうことはありません。お二人とも親切にしてくれています」

どうも様子が変である。まるで私から否定的な答えを期待しているかのようである。

「あらっ、あの人たち、田中さんには親切なんでしょうか」

夫人が皮肉を込めて言う。

「やはり、関さんも小松さんも人付き合いはうまくないようです。でも二人とも体調が悪いそうですから仕方ないのではないでしょうか」

「うーん、体調がねえ」

浜田博士もその皮肉っぽい表情をその丸顔に浮かべた。

「たしかに小松さんはアル中がこうじた鬱病で家族にも職場にも随分迷惑をかけているようですけれど、関さんも病気ですって。笑っちゃうわ」

そして浜田夫人がワイングラスを飲み干す。そして、

「田中さん、関さんの病気は仮病よ」

と言い放った。私は浜田夫人の言葉を摑めなかった。

「それはどういう意味ですか」

「どういう意味って、言葉の通りよ。関さんの病気は仮病なの」

「まさか、それはないでしょうか。何年も仮病を装うなんて不可能ですよ」

「ところが、それが本当らしいんだ」

浜田博士まで念を押す。そしてその短い首をむりやり伸ばし、丸い顔を私の方へ伸ばすと話し始めた。

「実は家内が関さんの家へちょっとした用事で行った時、関さんが二階から居間へ降りて来たそうだ。その時とても右足が不自由とは思えないほどスタスタと階段を降りて来たそうなんだ。そして家内がいることに気づくと、急に右足を引きずるように歩き始めたというんだ。関さんの奥さんもその時はずいぶん焦った様子だったという。それとインド人のデニアルの話だが、ある朝デニアルがジョギングをしていると、関さんが自転車に乗って何処かへ出掛

けたというんだ。普段の足の不自由さからいって自転車に乗れるはずがない。『セキの病気は間違いなく仮病だ』とデニアルが言うんだ。僕も関さんの足は仮病だと思う。仮病を装ってイークァル・オポチュニティーの世話になっているのさ」

浜田博士は自信ありげに話し終えると突出していた首を引っ込めた。　話しがまた暗くなってしまった。

湖畔には色とりどりの別荘が並ぶ。左の湖岸に並ぶコテージの屋根に夏の陽光が輝く。古川夫妻が乗る小さなヨットは、一マイルほど沖を右に向けて滑る。黄色い帆が光る。その帆のずっと向こうに対岸の緑が光り、緑の下に燐寸箱のようなコテージがキラキラと輝いている。話題を変えた。

「浜田先生のコラールでの専門は着氷の研究ですが、中山研究室にいらした頃はたしか雪の凝結核の研究だったと思いましたが」

「そう、僕の研究は凝結核の研究だった。でもこの国へ来てその研究は諦めたのさ。雪の研究のメジャーな部分についてはこの国には優秀な研究者がたくさんいる。僕の能力ではかなわないよ。僕が渡って来た頃、この研究所ではマイナーだった着雪氷の研究を任された」

「でも当時は既に航空機の着氷の問題は、ジェット化による高速飛行と高空での行動のため解決されていたのではないですか」

「戦闘機、爆撃機についてはほとんど問題なくなったのだけれど、新しくヘリコプターの問題が出て来た。ヘリコプターは低空を飛行するから機体への着氷が起きる。また一番問題なのはローターへの着氷なんだ」

「ローターはずいぶん高速回転だから着氷なんて起きないのではないですか」

「それが見た目ほど高速ではなく、着氷を起こしやすいのだよ。ローターの問題が起きたのは僕がこの研究所へ来て三年後だった。おかげで僕の首は繋がったというわけさ。あれから既に二十年経っているけれど着氷については未だに答えがでていない。まあ着氷を研究しているかぎり首になることはないね。僕はなるべく研究を長引かせて退職まで持たせるよ」

私はまた沈黙してしまった。浜田博士の発言を聞いて心の中に何か気まずいものを感じたのである。

「今晩この湖で花火大会があるんですって。田中さんも見ていかない。花火といっても日本の花火に較べるとお粗末なものだけれど、無いよりはましよ」

「いえ、今日はこれで失礼します」

と湖畔からマリーさんの家を抜けツーリスモに乗った。インターステート九十一号を走りながら暗い気分に襲われていた。浜田博士の『現状では答えが出ない研究だから、研究する。いや、答えが出ないように研究する』という発言に同じ科学者として嫌悪をもよおす。

浜田博士の発言が日本を出てきてから未だに答えを見いだせずにいること、すなわち〈何故自分が日本の学会で排斥されたのか〉について、初めて答えにつながるヒントを与えてくれたような気がする。研究目的を永久に達成しないように研究を続けることが日本の雪氷学者たちの暗黙の了解事項で全ての寒地研究のシステムがそれに基づいているなら、私が学会から追放されてしまうことは自明の理である。
何故ならば私は防雪害研究に飛躍的発展をもたらすのであろう、雪の模型化を成し遂げてしまったからである。

ホワイトリバー・ジャンクションのインターチェンジでインターステート九十一号から八十九号へ乗り換える。クイッチーへ向けて車は西に向け走っている。バーモントの低い山並みに陽が沈もうとしている。その低く投射してくる夕陽には気のせいか秋の気配が漂っていた。もう二度目の秋を迎えるというのにこの国へ来たことを手放しで喜べないのは何故だろう。心の中でもやもやとしたものがわだかまっている。夏の終わりのバーモントの夕陽がニューイングランドの山々に沈んでいった。

ニューイングランド二度目の秋

「元気？　私！　由美子！　何処かへ行きましょうよ」

受話器の向こうから天真爛漫な由美子の声が響いてくる。

「何処へ行きたいの」

「ケープコッドへ連れていって。アメリカの歴史の発祥の地ですもの。一度見てみたいわ」

「ケープコッドなら僕も前から行こうと思っていた。今度の週末に行こうか」

数日後、その昔清教徒たちが上陸したというケープコッドを目指してボストンを抜け、まっすぐ南へ走っていた。

「この車そんなに調子悪いの」

「最低だね。バックドアーのステーを交換したけれど。部品代だけで百五十ドルも取られた。しかも交換しても二カ月で駄目になった。あれは欠陥部品だ。それで今はバックドアを開ける時は支え棒をかましている。それからこのあいだ走行中にドアが勝手に開いて焦ってしまった。アメリカで日本車が売れるわけが分かるよ」

「どうしてプリムスなんか買ったのよ」

「アメリカ車がどの程度ひどいのか知りたかったのさ」

「予想していた通りでしょう」

「予想以上だよ。今じゃ後悔しているよ」

「これからは二度とアメ車は買わないことね」

ケープコッドに入ってからもうしばらく経つ。道の左右に砂州が広がる。バケーションの季節は終わりに近いのに、ビーチは未だ賑わっている。ガス・ステーションの男に聞くと、これでもだいぶ閑散として来たそうである。そろそろの砂州の突端に着いても良い頃と思うのだが、未だにその気配すらない。

「まだかなあ、砂州に入ってもう二時間も走り続けているよ」

「ちょっと地図を見るわ。あら！　まだ三分の一も来ていないわ」

「だって、たかが砂州だろう。何でそんなに長いの」

北米大陸の地図を見るとボストンとニューヨークの間に小さな砂州が引っ付いている。北米大陸が大きすぎるからケープコッドが小さく見えるだけで、実際は結構大きいのである。

「先まで行ったら夜になってしまうわ。何処まで行っても同じ景色ですもの。この辺りで降りましょう」

車を降りて渚へ向かう。由美子が早足で駆けていく。

「早くおいでよ」

「そんなに急ぐなよ。渚は逃げはしないよ」

道路から渚まで結構歩かなくてはならない。大粒の石英砂である。先に走っていった由美子が砂に足をとられて、へばってしまい、座り込んでいる。

「だから急ぐなと言ったろう。さあ起きて歩くぞ」

「ねえ、私、おぶっていって」

〈女が浜辺に来るといつもこうだ〉と私は思った。まるで映画の場面のように二人は海に向かっている。

「もしも此処がカリフォルニアだったら、『あの海の向こうは日本だね』、なんてセンチでメルヘンチックになるのね。でも、此処では『向こうはイングランドね』と言わなくてはだめね」

「そう、それからイギリスの向こうがヨーロッパで、そのまた向こうがロシアで、そしてまたその向こうが中国で、その次が日本だねと言わなくてはならないね。由美子、知ってる？大西洋の水は太平洋の水より塩辛くないって」

「まさか、太平洋と大西洋は繋がっているから同じ塩辛さではないの？」

「だって、塩分濃度の濃い海ってあるだろう」

「そうね、海によって塩の濃さが違うのかしら」

「舐めてみろよ」

「うん」

由美子は波を手で掴むと舐めている。

「あら！　本当に薄いわ。どうして俊彦は知ってるの」

「このあいだ、メイン州のヨークハーバーに一人でドライブした時、舐めてみたら塩味が薄かったのさ」

「あれ！」

由美子が空を指さした。かすかに秋雲がたなびく空に飛行機雲が海の方へ向けて二筋並んで伸びていった。

そして末広がりの向こうで一つになっていた。

「私たちもあの雲みたいなお付き合いが出来たらいいね」

由美子とアメリカ発祥の地プリムスに一泊した。

「最初のアメリカ人が此処に村を創ったのよ。自由と民主主義の始まりね。でもインディアンにとっては抑圧と虐殺の始まりだったのね。白人達の有色人種への差別は此処から始まったんじゃない」

「由美子が黒人の男とばかり付き合っていたのは何か理由があるの」

「別に意識してそうしてるんじゃないわ。結果的にそうなってるの。どうしてかしら。私ツルツルの肌が好きなの」

「僕がアメリカへ来た時アメリカにはもう人種差別はないと聞いて来たのだけれど、でも実際はまだたくさん残っているようだね。コラールに三人の日本人研究者がいて、互いにうまくいってないようなんだ。同じ日本人として耐えられないほど悪口を言い合っている。彼らには日本人としての誇りはないのだろうか。彼らの貶しあいを見ていると時々腹立たしくなる。これも僕が日本人だからなのかな」

「私にとってはどうでもいい話。ねえ、それより此処のモーテルのバスタブ随分大きいわよ。

二人一緒に入れそう。ふふふふ」

由美子はジーンズとパンティーを一緒に脱ぐとTシャツ一枚になりバスルームへ歩いていく。後ろ姿に張りのいいヒップの盛り上がりがシャツの下に見え隠れした。


山々は緑の艶を徐々に失い、秋空が広がっている。風洞装置が完成するまではヘンリー博士とは頻繁に行き来していたが、風洞が完成してからピタリと交流がなくなっている。まるで、風洞が完成したからもう用はないという具合である。その変貌ぶりに不安を感じたためヘンリー博士のオフィスを訪れた。

「しばらくぶりだね。何か用かね」

とパイプを手にした。

「ひとつ心配なことがあります」

「コラールの防雪対策プロジェクトの後のプロジェクトが決まっていないのですが」

「それは僕の関与することではない。君のボスに聞いてくれ」

これはおかしい。以前ヘンリー博士は今後のプロジェクトを二人で探そうと言っていたのである。

「もし、プロジェクトが来ないと、僕のサラリーは中断されてしまうのではないかと思うのですが」

「もちろんそういうことになる。でも君ほどの研究者なら日本に帰れば研究者の仕事はいくらでもあるだろう」

ヘンリー博士はダンヒルのライターでダンヒルのパイプに火を点けた。まるで風洞が完成したからもう用はないと言わんばかりである。ドナルドの忠告が当たった。

ヘンリー博士が協力してくれないなら、私は自分でプロジェクトを探さなくてはならない。ジョニー・パイパーに相談してみたが、彼もヘンリーと同じように関係ないと言わんばかりである。ジョニーもプロジェクトが来なくなれば困るはずであるが、別に驚いた様子もない。ジョニーは既に連邦職員であり、身分が安定しているから、プロジェクトなど少ない方が楽でよいのだ。浜田夫妻に相談してみた。

「田中さんも大変ね。ヘンリー博士に嫌われてしまって」

「嫌われる理由がさっぱり分からないのですが」

「ヘンリーは田中さんを自分の召使いにするため日本から呼んだようだ。ところが風洞製作では田中さんが中心になってしまい、立場が逆になってしまった。それで怒ってしまったらしい」

「風洞については僕の方がヘンリー博士より実績がありますから、それは仕方ないことでしょう。それが気に入らないと言われても困ってしまうのですが」

「うーん、そうだけれど。僕にはどうしようもないね」

「田中さん、お金を使ったら」

夫人が唐突に言う。

「お金って、ワイロのことですか？」

「他にある？　ヘンリーにはワイロが通用するって聞いたことがあるわ」

「そんなお金僕にはありません」

「じゃあ諦めるのね」

関博士にも小松博士にも相談してみたが、ヘンリー博士の反感を恐れてか、取り合って貰えなかった。由美子にも相談してみた。

「アメリカのように、いろんな人種が入り混じっている国で、共通の価値といえば金しかないのよ。浜田さんの言うことが間違っているとは思わないわ。世の中金よ。日本だってそうじゃない」

「それはそうだけれど、ワイロを使ってまでヘンリー博士に媚びを売ろうとは思わない。僕にとってもっとショックだったのは、コラールの日本人研究者は本当に力がないことを知ったことさ。三人の日本人はヘンリー博士より古いのに、ヘンリー博士に頭が上がらないようだよ」

「それはそうよ、この国は白人が建てた国ですもの、一番最後に来た日系人なんか滓（かす）みたいなものよ。コラールの三人の日本人が互いにうまくいってないのは、力がないことの裏返しよ」

「でも力がないのなら互いに力を合わせて生きていけばいいのに」

「そこが日本人の日本人たる所以よ。日本人は日本で生活している時は団結力はあるけれど、外国で外人に囲まれるとさっぱり駄目なのよね。私も経験があるわ」

「もう三人の日本人とは付き合いたくない。気が滅入ってくるよ」

「俊彦は由美子さんとだけ付き合っていればいいのよ」


雪の模型実験を必要とするということで時々私の研究室に顔を出している男がいる。背丈は二メートル近く、髪はプラチナ、目は青く、見るからに北欧系の外見をしている。アイバーセンというデンマーク生まれの男である。彼はコラールのアクチブ部門に在籍している研究者である。


アクチブ部門というのは氷工学部門、雪物理学部門で行われた基礎研究の成果を、実際の兵器研究に役立てるための研究部門で、アイバーセンの目下の研究は降雪中の戦闘におけるレーザー照準装置の運用性に関する研究である。レーザー光の降雪中における透過性のシミュレーションを風洞の中で行えないかということで私の研究室に出入りしている。そのアイバーセンが話があると言ってオフィスに現れた。

「実は日本人のトニーには話しづらいのだけれど」

と沈黙している。

「コーヒー取ってくるよ」

私がコーヒーカップを持ちコーヒールームから戻ると、アイバーセンは腕組みして何かを考え込んでいる。そして一口コーヒーを啜ると話を始めた。

「トニー、実は君に日本人として協力してもらいたい」

「そんなに改まって、いったいどうしたんだい」

「実はコラールの何人かの有志と三人の日本人研究者の研究実績を評価するための委員会を作ったのだけれど、同じ日本人としてその委員会に君も入って欲しいんだ」

私にはどうも話の内容がつかめなかった。

「いったい何を言ってるんだい。僕には話の内容がよく摑めないのだけれど。三人の日本人とは誰のこと」

アイバーセンが言いにくそうに答える。

「三人の日本人というのは、セキ、コマツ、ハマダのことさ」

「三人の研究実績を評価してどうするの」

「トニー、あの三人の日本人に対するコラールの他の研究員の反感は極限に達している。彼らはこの研究所では一番の高給取りだけれど、研究実績の方は、一番お粗末だ。そして、彼らは研究所創設の時からこの研究所に居座っている。さらに彼らは肩叩きされる度にイークァル・オポチュニティーへ駆け込んでいる。僕たちは人種差別からマイノリティーを守ることを否定はしない。しかし彼らは別だ。彼らの問題は人種差別ではない。単なる怠け者の問題にすぎない。何もしない人間が年収五万ドル貰って、同じマイノリティーであるインド人のデニアルなんかこの十年間に二十もの論文を発表しているのに、三万五千ドルしかもらっていない。僕たち白人のマジョリティーだけでなく、他のマイノリティーの連中からも批判されているんだ」

「ところで、日本人が三人いれば一人位優秀な研究者がいても良さそうな気がするけれど、三人が三人ともDクラスというのは偶然にしては出来過ぎているね。何か理由があるのだろうか。アイバーセンの委員会はそれについての情報を持っているのかい」

「当時の話では、この研究所は研究者不足で外国人でも雇ったそうだ。トニーはドクター・ナカヤマを知っているだろう」

「もちろんさ。僕の先生の先生、グランドプロフェッサーとも言うべき人だ」

「そのドクター・ナカヤマがこの研究所をごみ捨て場に使ったという説がある」

「それじゃ、あの三人はゴミになるのかい」

「同じ日本人のトニーの前で申しわけないけれど、そういうことになる。当時あの三人は北斗大学で余されていて、ドクター・ナカヤマがその三人をこの研究所に捨てていったということだ」

「僕はその辺の事情を少し知っているけれど、それは正確ではない。正確に言うとドクター・ナカヤマは自分自身も北斗大学を辞めてコラールへ来る気だったそうだよ。それでそれに先だって忠実な助手だったあの三人をこの研究所に送り込み、その後自分も渡米するための準備を始めたのだけれど、その直後に肝臓ガンで死んでしまった。彼ら三人も既に北斗大学を辞めて準備を終えていたから、結局この研究所へ来るしか生きる道はなかったということらしい。ある面では彼らも被害者と言えるね」

「もしもそうなら、僕も彼らに同情する。しかし、それはコラールで怠ける理由にならない。此処はアメリカなんだから論文を書けない以上、研究者を辞めてもらうしかない。絵を描くことが出来ない絵描きに高いサラリーを払うことは出来ないだろう」

「君の言うことは全く正しいと思う。でも勝手にそんな委員会を作って所長にしかられないの」

「僕たちは納税者だ。彼らは連邦職員だから文句を付ける権利は僕らにもある。というわけで僕らの仲間に加わって欲しいんだ。同じ日本人の君が加われればKKKなどと呼ばれずに済むかも知れない」

「君のKKKが主張していることは正しいと思うけれど、僕は遠慮させてもらうよ。そんな委員会に入ったら、彼らが死んだ後化けて出て来られそうだ。僕には無理だ。断る」

「トニー、知っているかい。君にパーマネントポジションを与えることを妨害しているのはヘンリーだけでなくて彼らもなんだよ」

「アイバーセン何を言っているんだい。彼ら三人にそんな力はないよ」

「それが違うんだ」

アイバーセンが椅子から身を乗り出して来た。

「トニーはジョブ・オポチュニティーのマギーに何度かパーマネントポジションの相談をしたことがあるだろう。その時マギーの反応はどうだった」

「機密保護の関係で外国人の新規採用は難しいそうだよ」

「トニーは何も知らないようだね。そんなのは屁理屈さ。先日僕もマギーに君のパーマネントポジションへの移行について聞いてみた。外国人にパーマネントポジションを与えるのは易しくないけれど不可能ではないと言うんだ。特に君の場合、陸軍が必要として日本から呼んだわけだから可能性は大いにあると言うんだ。マギーも何度か君の問題についてワシントンに問い合わせたけれど、その都度ワシントンは三人の日本人を辞めさせて浮いた人件費でトニーを採用すれと言ってくるそうだ。彼らが辞めれば君はすぐにパーマネントポジションに移れるのさ」

〈なるほど〉と私は思った。

「トニー、何故日本人は纏まりがないんだろう。日本人が日本人の悪口を言って得することは何もない。なのに君の悪口を言う日本人がいる。あの三人は君をこの研究所から追放しろと陰で悪口を言っているそうだ」

「アイバーセン、とにかく僕は遠慮する。彼らの問題は所長に任せておくべきだ」

「トニーが協力してくれないなら、ドクター・ウエニシに頼む」

それからしばらく経ったが、アイバーセンの作った委員会の話は聞こえてこない。所内の噂では三人の日本人がこの時は一致団結して、いつものようにコミッティー・オブ・イークァル・オポチュニティーに駆け込んだため、もみ消されてしまったということである。軍の官僚たちにとって人種差別に関わることは最も嫌うことなのである。いったい此処の日本人たちの関係はどうなっているのであろうか。私は一度「ウエニシ」という日本人に会って話を聞こうと思った。ウエニシは三人の日本人とは常に距離を置いているという。彼とは廊下ですれ違った時挨拶する程度で、別に深い付き合いはないが、一度話を聞いてみる必要がありそうである。


「氷研究施設の田中です。植西さんにお聞きしたいことがあり、オフィスへ伺いたいのですが」

突然の電話に戸惑っているのが受話器の向こうに感じられる。しばらく間があいた。

「電話ですむことなら、別にわざわざ来て頂かなくてもよろしいかと思うのですが」

やはりかなりの日本人嫌いである。

「いえ、どうしても伺いたいのですが」

　そこまで言われると、

「それじゃ午後にでもどうぞ」

と観念したようである。植西氏のオフィスはライブラリーの斜め向かいにある。ノックすると、

「どうぞ」

と日本語が返って来た。

「前から一度伺おうと思っていたのですが、なかなか時間がなくて」

「それで何の話しですか」

　いきなり「三人の日本人のことをどう思いますか」

と聞いてみた。

「やはりそのことですか」

と植西博士は戸惑いを見せる。

「僕もこの研究所へ来た当初、彼らの行状に戸惑ったものです。同じ日本人として恥ずかしい限りです。だから僕は彼らとの付き合いはしないことにしているのです」

　小柄だが引き締まった体付きは五十一歳という年齢を感じさせない。

「植西さんは若く見えますね。未だ四十位かと思いました」

「僕はマスコマレークの家でいつも薪割とか家庭菜園とかで体を動かしているからでしょう」

植西博士はこの研究所へ来て十五年になる。

東大の工学部を卒業して、外資系大手の石油会社に務めた後考えるところがあって、フルブライト留学生としてニューヨーク州立大学へ入学した。修士をわずか一年で終了した彼はそのまま博士課程へ進むことに決めたという。

「あの時は大変困りました。フルブライト留学生の期限は一年でその後大学に残ろうとしたら、自分で学費を工面しなくてはならなかったんですよ。私はたまたま成績が良くて大学から奨学金をもらえましたから、そのままドクターコースへ進みました。ドクターコースへ進む時、私は物理数学と化学の二つの進学試験に合格したのです。それで教授は私に数学の道に進むことを勧めたのですが、私はもともと化学屋ですのでこの道へ進みました。通常三年かかる博士課程を二年で卒業したところ、陸軍から是非来てくれということで永住ビザを取得することを条件にその話を受けたわけです。陸軍の方で安全保障上重要な人物ということで便宜を図ってくれたのです。研究所へ来て最初の仕事は永久凍土内に於ける地下核実験の数値シミュレーション法の研究でした。この研究は大変面白い研究でした。でも、私は当時この研究所に長居する気はなく、地下核実験のプロジェクトを終えたら何処か大学の研究施設にでも移ろうと思っていたのです。実際いくつかの大学から教授として招請されていたのですが、此処の居心地が良くて結局十五年も居座ってしまいました。アメリカは良いところです。自由に研究が出来て実力にあった評価をしてくれます。でもあの三人の日本人の先輩には苦しいようですが」

〝三人の日本人〟について語る時、そのノッペリとした典型的なモンゴル系の顔に嘲笑が浮かぶ。

「三人の先輩がいい仕事をしてくれたので、この研究所での日本人の評価は大変高く、他のマイノリティーは〈彼らを見習えば働かずに高いサラリーをもらえる。日本人はやはり頭がよい〉と評判です」

植西博士はこの研究所に来てから平均して年に二つの論文を提出して来た。

「田中さん、中山先生は良いゴミ捨て場を探したものだと、この研究所では評判です。彼らは中山教授にこの研究所で将来のレールを敷かれ、中山教授はそのレールの上に彼らを乗せて『がんばるんだよ』とそっと彼らの背中を押してあげたんですね。普通は押されてエンジンがかかって一人で走っていくのだけれど、中山教授は彼らが単なる貨車であって、エンジンのない人たちであることに気が付かなかった。それで、あれだけ実績のある中山教授の評判もこの研究所では今ひとつということになった」

植西博士は彼ら三人とは距離を置く。

「僕はあの三人とは私的な付き合いはしないことにしているのです。もう田中さんは気が付いているとは思うけれど、あの三人は互いに仲が悪いんだよね」

「はい、僕もこちらへ来て驚いたのですが、彼ら三人は同じ中山教授門下なのに互いに悪口言い合っていると中国人のワンに言われ、日本人として恥ずかしい思いをしました」

「でも田中君知ってるかい。彼らは日本の学会では随分仲良く振る舞っているそうだ」

「ええ、僕がアメリカへ渡って来た一つの理由は、札幌で開かれた学会で、あの三人からアメリカは良いところですと聞かされたからなのです。あの時三人は学会の人気者で、いつも日本の学者に取り囲まれていました。ですから僕はアメリカへ行っても良いと思いました」

「やはりそうかい。あの三人は特殊な才能を持っていて、普段この研究所で雲の糸みたいに足の引っ張り合いをしているくせに、日本の学会では、抜群のチームワークで仲睦まじさを取り繕うんだよ。僕もサンタバーバラの学会で同じ光景に出くわして面食らったことがある。あの時も北斗大学の寒地研の連中がたくさん来ていたからね。あの三人は研究能力はDクラスと言えるけれど、取り繕うという能力はAクラスだと思う。中山教授も彼らをハリウッドの演劇学校へ送れば良かったんだ。そうしたら彼らは早川雪舟みたいになれたかもしれない」

三人の日本人の中傷になると植西博士の毒舌は止まることを知らない。

「田中さんは独身だったね」

「ええ、ちょうど渡米の一カ月前に独身に戻りました」

「僕は三十七で結婚したから田中さんはまだ大丈夫。でもアメリカの女と再婚しちゃ駄目だよ」

「植西さんは確かこちらの女性と結婚したと聞きましたが」

「そう七歳下のフランス系の女と一緒になりましたけれど、四年前に別れた」

「聞きづらいことをあえて聞きますが離婚の原因は」

「一日四回アイラブユーと言わず、週に一度花束をプレゼントしなかったからさ」

と笑う。

「アメリカ女と離婚する時は財産の全てを失うことを覚悟しなくてはいけない。僕がそうだったから、僕は家も子供も全てなくした。僕も好きで南極のマクムード基地へ半年も行ったんではないよ。仕事だから仕方ないさ。勤務を終えて家に戻ったら、家に男が上がり込んでいた。妻はこの男と一緒になるから別れてくれと言う。裁判に持ち込んだけれど、あらゆることを理由に抵抗されて、結局子供の養育費と家庭を顧みずにいたことへの慰謝料を取られ、僕一人追い出された格好さ。一番儲けたのは二人の間に入ってわざと仲を拗らせた弁護士さ。田中さん、嫁さんもらうなら大和撫子ですよ」

「何故アメリカ女はあんなにわがままなんでしょうね」

「開拓時代、女が極端に少なかったのさ。だから男たちは女を極端に大切に扱った。レディーファーストなんて習慣は彼らだけのもので我々アジア人には無縁なものさ。その後移民が増えて、女が不足しなくなった今もその習慣が残っているということだね。アジアの男には生きていきづらい所だ。此処は」

「植西さんは再婚しないのですか」

「もし再婚するとしても、今度は日本女性をもらう。それにアメリカ女と結婚した時日本国籍を捨てたものだから国籍を戻すには日本人女性と結婚するのが手っ取り早い。結婚する時はアメリカ人になっても構わないと思っていたけれど、こういう結果に終わってみるとやはり自分は日本人だとつくづく感じ入ってしまう。コラールを引退したら僕は日本へ帰るつもりさ。間違っても浜田さんの奥さんのように日本の悪口をこの国で言いふらすことは出来ない。老後お世話になる国だから。こんど僕の家に遊びに来て下さい。僕も一人暮らしで寂しいですから」

植西博士に書いてもらった地図をたよりに、ツーリスモを走らせる。最近ツーリスモの調子がおかしい。走行中に軽くブレーキが効いているのである。燃費がかなり落ちている。そのうちガレージ（整備工場）に持ち込むことにしよう。

マスコマレークは大きな湖である。湖の畔に植西博士の家があり、岸辺にはカヌーが並べられている。

「あのカヌーは植西さんのですか。あれはカナディアンというカヌーですね」

「そうです。休みの日はあのカヌーに犬と猫を乗せ、湖の上を滑らせます。今はちょうど紅葉が綺麗で、湖の上を音もなく走るのは気持ちがいいです。別れた家族のことを忘れさせてくれます」

「植西さんの家の敷地はどれ位あるのですか」

「三十エーカーですから十三町ほどでしょうか。畑と果樹園にして楽しんでいます。以前はヤギを飼い、ミルクを絞ったりしていましたが事故でヤギは死んでしまいました」

「そんな優雅な生活をしていたら、日本には帰れないでしょう」

「そんなことありません。こんな生活をしていると時々むなしくなることがあります。何か日本で一生懸命働いていた頃住んでいた、六畳一間に小さな流し台の付いた安アパートの方が潤いがあったような気がします。あの頃はフルブライトに受かるため布団を上げる暇もなく、ひとつしかない布団を煎餅にしてしまった。フルブライトなど受けずにあのまま日本にいれば、今頃あの石油会社の役員にはなっていたでしょう。一緒に大学を出た同期の奴は去年副社長になりました。


今年の春学会で東京へ行った時、彼は何かプロジェクトを廻してくれると言ってました。もう会社を辞めて二十年も経つのに忘れずにいてくれます。あの頃は二十年後にアメリカの親会社を救済するほど大きな会社になるとは思っていませんでした。正直に言うと少し後悔しています。でも自分には研究があっているのだと考えたり、複雑な心境ですね。僕は今度あのテラスにパラボラデスクを置こうと思います。ニューヨークの日本人向けにカリフォルニアから来ている衛星通信を受信できるそうです。全部で一万ドルで可能だということです。

車を一台買ったと思えば安いものです。日本に行った時はみんな格好の良いことを言ってますが、国を離れてみんな寂しい思いをしているのです」

「僕も風洞施設の研究をコラールに根付かせたら日本へ帰ろうかと考えたりします。コラールの日本人研究者を見ていると、やはり日本人は日本で研究するのが一番なのかと思います。黒田先生が元気だった頃『一度君もアメリカへ行ってみなさい』と言われました。その時僕はアメリカへ行ったら最後、学会が閉鎖的な日本に戻ってこないと言ったのです。すると先生は『それは行けません。君は日本に戻ってきなさい。アメリカに残ってはいけません』と言われました。僕は何故先生がそうおっしゃったのかその時は理解できなかったのですが、今はよく分かります」

「ヘンリーはその方が喜ぶだろうね。田中さんを使うだけ使って、お払い箱にしようという、いつもの手で、相変わらずえげつないイギリス人だと、あの手で中国から香港を取り、世界中に人種差別をばら撒いたんだと嘲笑されています。あんなレベルの低い奴はほっとくことです。ヘンリーは自分がイングランド人であることを強調するように、いつもロンドンのブランド品を着て愛用車はジャガーとMGB、MGBに乗る時は幌をオープンにして、チェックのマフラーを風になびかせていますね。まるで自分はイングランド人なのだということを見せびらかしているかのようですが、本人のしていることが余りにもえげつないから、まるでイングランド人はそれほど野蛮であることを披露しているようで滑稽です。全くイングランド人の醜悪さを地でいってる男です。ある人が言っていたけれど、本当は彼はイングランド人ではなくスコットランド人だということです。ヘンリーにそのことを言うとムキになって否定するそうです。だからこそ本当らしいということです。彼のイングランドコンプレックスはかなりのものらしい」

「浜田さんの話ではヘンリー博士は僕を召使いにしたかったそうです」

「イングランド人はアジア人を見るとすぐに召使いに使いたがるけれど、スコットランド人のヘンリーはそんなところまでイングランド人の真似をしているんですね。ハッハッハッ、滑稽です」

「ひとつ植西さんにお聞きしたいことがあるのですが、運転手のビルが以前、車の中で、太平洋戦争の勝者は日本ではないかと言っていたのですが、そんな考えがこのアメリカにはあるのでしょうか」

「うーん、難しいところですね。ビルはベトナム帰還兵で、アメリカは太平洋戦争に勝ったのに何故、自分はベトナム行かなければならなかったのかと、時々私にも愚痴をこぼしますね。たしかに見方によっては戦争の後アメリカにとって、いいことはあまりありませんでしたから、本当は何も勝っていなかったのでは、と言われても仕方ありません。でもその話はアメリカ人のビルが言うから許されるので、私たち日本人が『戦勝国は日本だった』などと言ったら、この研究所にはいられなくなりますから絶対に口にしない方がいいですよ。ところで話は変わるけれど、田中さんは橋本という研究者を知っているかい」

「橋本君なら大学の同期です。彼は太平洋建設で雪氷を担当しています」

「この春東京にいた時、ホテルでテレビのスイッチを入れたら、ある女優が婚約記者会見というのをしていて、その中で私の婚約者はすっごく頭の良い、世界的な研究者で、ニューハンプシャー州の氷の研究所で働くことになっていると自慢しているんですね。僕はてっきり田中さんのことかと思いましたら、橋本さんのことなんだね。橋本さんの何処が世界的なのか理解しかねるね。彼はアラスカ大学の学生としてコラールに八万ドル払って一年間研修のため置いてもらうそうです。橋本さんが実験をすれば電気代は掛かるし、電話も使うだろうし、そういう経費を払えということです。橋本さんに金を払わせて、更に助手に使ってやろうというのだから、コラールにとってはうまい話です。それにしても誰があの女優に橋本君が世界的研究者だなんて言ったんでしょうか。彼はただの学生ですよ」

「本人じゃないですか。女優なんか学会のことを何も知らないから騙しやすいですよ」

「何故金払ってまでコラールに来たいのでしょうか。何のためにそうするのでしょう。理解できませんね。田中さんみたいにコラールに呼ばれてくるなら実績になるだろうけれど、橋本君の場合は実績にはならないでしょう。先日その橋本君から手紙が来て、コラールでパーマネントポジションを取って就職したいがどうしたらよいかと聞いてきました。田中さんですらコントラクトリサーチャーなのに、アラスカのただの学生であって研究者ではない橋本君がパーマネントリサーチャーになれるはずない。彼は何を考えているのでしょうね。清川建設の緑川という人物も金を払ってコラールに来るらしい。ダートマスで総理大臣の甥が助教授をしていたけれど、彼なんかすべてコネで入学して、教授人事までコネで動かそうとして、大学から反発され首になり、日本に帰ったけど、彼らはいったい学問のためにアメリカへ来るのか、他の目的のために来るのか分かりません。それから、田中さんは苫牧さんという人をご存じですか」

「苫牧君なら渡米前に私の風洞技術を教えてほしいと頼んできたので、教えてあげましたよ。札幌工科大学建築学科の助教で屋根雪の研究をするために使いたいということでした」

「その苫牧さんの件で友人が大変怒っていましたよ。その友人は私の大学同期で北東大学の建築で教授をしているのですが、苫牧さんが田中さんの研究をパクッて北東大学で博士号を取ったそうなのです。田中さんがアメリカへ去ったので、パクってもバレないと踏んだようです」

「苫牧君はパクリ目的で私に近づいてきたということですか、彼の夢は学位を取って学長になることだと言ってました。学位を取れば札幌工科大学生え抜き卒業生としては初めてのこととなり、学長就任は間違いないと言ってました」

「北東大学の建築は雪氷関係には疎くて、よく調べもせずに学位を与えてしまったそうですが、その直後に盗用が発覚したそうです。学位を取り消せば、伝統ある北東大学の沽券にもかかわるということで困惑しているようです」

「渡米してからは苫牧からは何の連絡もなくて不思議に思っていたのですが、そんなことをやらかしていましたか、どうせバレるのに愚かな奴ですね」

「その友人が田中さんがコラールにいることを知り、連絡を取りたいと私に頼んできているのですが、どうしますか」

「パクリ摘発に協力しますと伝えてください」

私にとって二度目のニューイングランドの秋の陽が輝いていた。

ニューイングランド二度目の冬

ニューイングランドは初冬を迎えようとしている。私のオフィスの壁の高いところに位置する窓からは西陽が低く差し込んでいる。

ヘンリーの離反以来私に対しては神経質になっている助手のジョニー・パイパーが、右手にメモを持ちオフィスに現れた。そのメモを読んでくれと言うと立ち去った。パソコンのロール紙に〈一週間後ワシントンから陸軍参謀長が来所して風洞実験を見学するので準備を始めるように〉と書いてある。参謀長が来所するのはコラール開所以来初めてのことだという。

参謀長への実験公開の準備は一週間かけて綿密に行われた。前日には研究所長を参謀長の代役にして私が研究内容を説明し、研究助手をしているジョニーをアシスタントとして予行演習まで行われた。

翌日早朝から私は実験装置の最後の調整にかかっていた。その私の所へ所長が何度も現れては細かく指示していった。当日の昼前になってボスが私のオフィスに来た。

「トニー予定が変わった。参謀長への説明はヘンリーが担当する。君はアシスタントにまわってくれ。言葉の問題で君に説明させるのは無理と判断した」

「僕はこうしてチーフともほとんど不自由なく話しをしてるけれど、参謀長のジェンセン将軍はそんな難しい言葉を話すのですか」

「そうだ。参謀長はルイジアナ出身で南部訛りがひどく君に理解するのは難しいと思う」

この時、妙な予感がした。それまで何度もこの国の人種差別について聞かされていたが、自分自身その差別を実感したことはない。もしかしたらこれがマモルが繰り返していた〈差別〉なのかもしれないと不安が脳裏を微かによぎった。

「トニー参謀長が着いたぞ！」

ジョニーが地下の雪模型実験施設に駆け込んで来た。ジョニーは壁に立てかけてあったデッキブラシを取ると、もう何度も磨いたコンクリートの床をまた磨きだした。

実験装置の前には参謀長に展示するための対空ミサイル基地、空軍基地、戦略ミサイル基地の模型が展示してある。地下室に通じる階段の方から随行員達のざわめきが聞こえ、一行が近づいてくる。

一団が現れた。先頭は小柄な男だった。小男の後ろにボス、そしてそのとなりに工兵隊長のブラウン中将がついている。その後ろは研究所長、秘書官、参謀長の専従カメラマンと研究所のカメラマンが続いている。あれっ、一番後ろの女性に見覚えがあるぞ。ダイアナさんだ。成田からJFKまで同行してくれた彼女である。私に目が合うとウインクして返してきた。

先頭の小男が参謀長である。

ヘンリーが説明することになっているから、私は装置を動かすため、制御板の前に立った。ヘンリー博士の説明が始まる。

「参謀長、これが吹雪模型実験装置です。この装置は現在日本に一台、そして此処に一台、合わせて二台しかありません。日本のものはこれより遙かに小さいもので能力も遙かに劣るものです。ですからこの装置が世界最大のものになります。

この実験装置は陸軍の冬期戦及び兵器開発に画期的な変革をもたらす装置であります。従来各種兵器の開発において冬期間のテスト、運用性能については、冬期に現地へ兵器を持ち込み、天候が適切な条件を満たすのを待ってフィールド実験が行われてきました。しかし、この実験装置の中では任意の降雪状態、吹雪、着雪、など雪に関するあらゆる気象状態をミニチュアで作り出すことができます。この風洞装置を利用することにより必要な現地実験の数を減らすことが出来ます」

ヘンリー博士が話していることは全て私からの受け売りである。

まるで、すべて自分のオリジナルであるかのように話している。ヘンリー博士が得意げに続ける。

「向こうに実験のサンプルが展示してありますのでご説明申し上げます」

ヘンリーが言うとチーフが手際よく参謀長を展示モデルの方へ案内した。

「この模型は野戦における地対空ミサイルですが、ミサイル車輌の周囲に積み上げられた砂袋は冬期間吹雪に遭いますと、このようにミサイル車輌を完全に吹き溜まりの下に埋没させてしまいます。ところが同じ気象条件でも砂袋の積み方を変えますと、吹き溜まりの発生をこの通り防止することが可能となります。気温と、風速、湿度のある条件においては、吹き溜まる雪はたちまち硬化し、兵士のショベルでは歯が立たないほど硬くなります。レーダーアンテナへの着雪は目標の補足を困難なものとします。この実験装置はこのように、冬期戦の現場を極めて容易に、しかも正確に再現することが出来ます」

ヘンリーが説明している間にも参謀長付のカメラマンが何度もストロボを光らせている。

ヘンリー博士が更に続ける。

「では、次に風洞実験をお見せします。トニー、風速を六メートル、風洞内湿度を七十パーセント、降雪濃度三グラムに設定してくれ」

まるで私が召使いであるかのようにヘンリー博士が私に命ずる。

直径三メートルの二つの巨大なプロペラが五百キロワットの大きなモーターの低いうなりとともにゆっくりと回転をはじめ、幅七メートルの測定部に、秒速六メートルの風を発生させる。しばらくすると、粘土の細かな粒子が白い粉のように風洞内をほとんど水平に流れ始めた。

「風洞の風速、風向、空気湿度、粘土含水比、そしてそれらのパラメータの継続時間の設定はすべてコンピューターにプログラムされ、そのプログラム通りに風洞装置をコントロールします。トニー、照明を消してレーザーをオンしてくれ」

実験室の照明は消され、小さな非常灯だけがオレンジ色の光を投げかけている。

真っ暗な測定部に突然ヘリウム　ネオン・レーザーの赤い光筋が測定部の床から斜め上方へ向けて走った。

「今お見せしているのは、レーザー照準デバイスの吹雪時の透過性に関するシミュレーションであります。レーザーの特性として、降雪時に雪粒子による散乱のためほとんど機能しなくなることは将軍も報告を受けていることと思います。これは吹雪密度とレーザー光の透過率の関係をシミュレートするための実験で、ヘリウムネオンレーザーと粘土粒子の散乱係数について、実戦に置いて想定される天然雪の散乱係数との相似性を確保してあります。レーザー光のこのような特性を克服するため、ターゲッチングデバイス（照準装置）をミリ波レーダーへ転換する研究が進められていますが、私たちは既に風洞内でのミリ波レーダーによるシミュレーションを始めております。ミリ波レーダーの場合、吹雪時の透過性はかなり改善されるのですが、新たな問題として雪面のレーダー波の反射率が金属表面のそれにほとんど等しいという問題があります。このことは例えば晴天時に肉眼で敵の戦車を確認できるものにもかかわらず、ミリ波レーダーでは背景の雪と戦車の間のコントラストをとることができず、照準機として機能しないことを意味しています。特に航空機から対戦車ミサイルによる攻撃を行う場合、上空から地上を照準するためのコントラストを取れないという問題は致命的欠陥を与えることになります。この問題で更に厄介なのは雪の電波反射率が雪の状態によって大きく変わるということがあります。初歩的なフィールド実験では日の出時と日没時に大きく反射率が変化することが分かっており、もしも、ある特定の雪面状態にミリ波レーダーの波長、出力などを合わせると他の雪面状態では全く役に立たないということになります。この問題については過去三年間フィールド試験が行われて来たのですが、気象条件が満たされるのを待って実験にはいるため大変効率の悪い実験を強いられて来たのです。しかしこの実験装置により、そのような不便は解消され、かなりの実験期間の短縮が可能になるものと思われます」

ヘンリー博士の説明が終わった。ヘンリー博士の一人舞台であった。これでは私と一緒にこの風洞の製作を進めてきたジョニーとボスの出番はなく、二人はヘンリー博士の一人乗っ取り芝居にキョトンとしている。ヘンリー博士の出しゃばりぶりに呆然として、言葉を失っている。

　薄カーキ色の夏用事務服を着たジェンセン将軍の小柄な身体に似つかない張りのある声が響く。将軍が話し始める度に場内はシーンと静まり返る。

「たしかにこの研究は冬期戦の研究に画期的な効果をもたらすようだ。君たちも知っての通り陸軍の敵はソ連、いやソ連の冬と言っても過言ではない。そういえばアラスカで試射した十機の巡航ミサイルのうち三機が行方不明になってしまった。空軍では着氷による墜落か、尾根に発達した雪庇に衝突したのかいずれかだろうと言っている。この研究はそんな研究にも使えそうだ。君達はこの研究を早急に完成してくれたまえ」

　たしかに参謀長の英語は南部訛りが強く、所々聞き取れない。

　所長以下随行のもの全員が頷き、ゴマすりに余念がない。有色人種の前ではいつも気位高く振る舞う白人スタッフが、参謀長の前ではペコペコと幇間のように振る舞う姿を見るのは不思議な感触を覚えるものである。ハッセルブラッドを腕に抱えた参謀長付カメラマンがストロボを焚いている。

　参謀長が操作盤の前に立つ私を指さした。それと同時にダイアナさんが私の横に立った。

通訳として同行したそうである。ダイアナさんが参謀長の南部訛りを日本語に通訳してくれる。

「そこのジャパニーズ・スチューデント、えーと何という名前だったかな」

ヘンリー博士は私を日本から来た研修学生と紹介したらしい。

「タナカです」

「ミスター・タナカ、今日はアシスタントありがとう。ヘンリー博士を手伝ってよく学び、この技術を日本に持ち帰ってくれたまえ」

参謀長はこの装置の開発者はヘンリー博士一人だと勘違いしているようである。

その時、ダイアナさんが参謀長に何かを耳打ちした。すると参謀長は大変驚いた表情を見せ、次のようにコラールスタッフを叱咤した。

「一体今まで陸軍はこの研究所に幾らつぎ込んできたと思っているのだ。なのにこんな重要な研究を日本の学生に教わらなくては何も出来ないとは情けない、この研究を最優先課題として君たちはタナカに協力し、完成させたまえ。私はワシントンで工兵隊長とともに予算を確保する」

何故かジョニーとボスも一緒に叱られてしまった。

参謀長は私の方を振り向くと、

「ミスター・タナカ、日本の自衛隊は何故この研究を発展させようとはしないのかな」と訊いてきた。

「私が日本にいた頃、自衛隊との接触は全くありませんでした」

「俺は在韓米軍の司令官をしていたから、日本の自衛隊の事情はよく知っているつもりだ、彼らの戦場は北海道、サハリン、千島列島だ。何故この研究をやろうとしないのかな。それとも、こういう技術まで米軍が供与してくれるとでも思っているのか」

と不思議そうな顔をする。随行の秘書官が、

「将軍、もうお時間です」

と退出を促す。

「それじゃあ、ミスター・タナカ、頑張ってくれたまえ」

と私に握手を求めると、ヘンリー博士と他のコラールスタッフを睨み付け立ち去っていった。

そしてダイアナさんは再び私にウインクをして参謀長の後を追っていった。

ヘンリーのせいで身に覚えがないのに恥をかかされたボスは両手を広げ、私とジョニーに後かたづけを命じて将軍を見送りにいった。

先程までの喧噪は何処へいったのだろう。天井から冷却用のアンモニアの水滴が風洞装置の鉄板に一定のリズムを響かせ、辺りにアンモニア臭を漂わせていた。

私はこの研究所へ来て初めて人種差別をする白人を見てしまった。マモルが言っていた言

葉の意味の重さを今かみしめている。

ヘンリー博士は私の発明を自分の発明であるかのように偽装しようとした。どうせ相手は有色人種だから文句は言うまいとたかをくくっていたのだろう。

ダイアナさんがいなければ、一体どうなっていたのだ。どうも納得がいかない。測定部の前に投げ出された肘掛けのない椅子に茫然と座っている。氷解水槽の底を兼ねる地下実験室の天井から結晶化した尿素の雪がふわふわと落ちてきて私の膝の上に止まった。私は急に立ち上がるとその椅子を思いっきり蹴飛ばした。椅子は床に転がり風洞の鋼板にうつろな音を響かせた。ジョニーが両手を何度も下げ、「落ち着け、落ち着け」と合図してきた。

ワン博士との再会

二度目のニューイングランドの春を迎えた。冬の間アラスカへ行っていたワン博士が戻ってきて私に会いたいという。

「トニー、未だこんな研究所にいたのかい。こんな国にいても何の得にもならない。君の祖国は世界でも有数の先進国なのだから早く国へ帰って研究ポジションをつかむ事だ。あの三人の日本人をみれよ。君があんな風にならないという保証はないんだ。この国は白人のための国であって我々アジア人のための国ではない。あの三人はたしかに研究能力は劣る。でも、日本に残っていればああはならなかったかもしれない。日本人の研究者の中で、まともな研究者はウエニシだけだ。日本人のトニーにこんなことを言うのは気が引けるけれど」

「ウエニシは本当に優秀な研究者だと思います。論文の数も多いし、さすがこの研究所がニューヨーク州立大学から引き抜いただけのことはあります」

と、私がウエニシを褒めると、

「トニー、今なんて言った。この研究所がウエニシを引っ張ったって。誰がそんなことを言ったんだい」

「本人が言ってましたけど」

「そんな馬鹿な、ウエニシをこの研究所に引っ張ったのはこの僕だ。でも、それはそうするようにウエニシ本人に頼まれたからであって、この研究所がどうしても彼を必要としたからではない。ウエニシの教授は僕の教授でもあって、その教授から頼まれたんだ。ウエニシがすでにドクターコースを終えた時ビザの関係で帰国せざるを得なかったのだが、その学生は二年前ドクターへ進むため日本の会社に退職届を出した後だった。教授のたっての頼みなので、僕の助手に使うということでなんとか職を見つけて上げたというわけさ。あの時、あの三人の日本人にも力を貸して貰おうとしたけど、彼らは自分のことに精いっぱいで逃げてしまった」

私にとってワンのこの発言はショックであった。植西博士まで経歴を取り繕っていたのである。

「トニー、何度も言うようだけど早く日本に帰れ。この国は白人のための国家であって、有色人種のための国ではない。君は未だ若い。今日本に帰れば、必ず何かいい仕事にめぐり会えるはずだ。悪いことは言わない。この研究所で吸収できるものを吸収したら日本に帰りなさい」

この時、私は初めてワンに聞いた。

「ワンさんはどうして、この国に残ったのですか」

「僕は好きでこの国に残ったのじゃない。残らざるを得なかったのさ。僕は大東亜戦争が始まる前、上海から台北大学に進み勉強していた。そして戦後大陸は共産化してしまった。それで僕は上海へ帰る術を失った。台湾に残っても当時の台湾には研究者の仕事など何もなくて、結局知人を頼ってアメリカへ渡って来た。ニューヨーク州立大学の博士課程を終える時、ちょうどこの研究所が出来るということで此処に来た。当時、研究所には毎年夏に日本から中山教授が滞在研究に来ていて、僕は中山教授のアシスタントをしていた。君の先生の黒田とはその頃知り合った。黒田は、時々中山教授と一緒に来ていた。黒田はすばらしい研究者だった。人格もすばらしかった。黒田こそこの研究所に残って欲しかったけれど、彼は自分はやはり日本人だから貧しくても日本で研究すると言って、結局この研究所には残らなかった。僕は台湾に帰っても、高校の先生くらいしか仕事がないから、この通り三十年もこうして残ってしまった。一九七六年のアメリカと中国の国交回復まで上海の家族とはもちろん会えなかったし、手紙のやりとりも香港の親戚を通してのみ可能だった。一九八〇年に三十二年ぶりに国に帰って、両親に会った時、一晩泣き明かした。父はもうあの黒々とした髪はなくなっていたし、母は文化大革命の時に足を悪くして歩けなくなっていた。文化大革命の時、両親は長男がアメリカ陸軍に勤めて、アメリカ帝国主義の片棒をかついでいるとして、反革命分子の親として三角帽子をかぶらされ、首にプラカードを下げられ市内を引きずり回されたそうだ。母はトラックの荷台から蹴落とされ、その時足を悪くしてしまった。

両親がそこまで苦労したことは、里帰りした時に初めて聞かされた。香港を通して両親から届く手紙にはそんなことは何一つ書いてなかった。僕に心配させてはならないと思い、知らせなかったそうだ。あの時初めて両親の苦労を聞かされ、胸が引き裂かれそうなほど辛かった。でも村人たちはみんな僕のことを歓迎してくれて、毎日違う家に呼ばれて歓待された。村人たちはみんな自分たちの村から世界的な学者が出たと言って僕のことを誇りにしてくれている。僕はあと五年この研究所に勤めて退職するけれど、その後は中国に帰ろうと思っている。子供たちもみんな大きくなって独り立ちしているし、今はアメリカと中国は自由に行き来できるから、中国に帰っても子供や孫にはいつでも会えるから。北京政府はもしも帰国するなら蘭州の砂漠研究所の顧問として生活を保障してくれるそうだ。僕は必ず帰る」

ワン博士は話に興奮したのか少し赤らんだ顔をしばらくテーブルへ向けて沈黙していた。そして、立ち上がるとコーヒーメーカーの所へ行き、私と自分のコーヒーを入れ直してから椅子に戻り、今度は静かに語り始めた。そして、その言葉は私の心胆を抉った。

「中国は理不尽にも母親の健康な足を奪った。情けないけれど、それが僕の祖国なんだ。でも、どんな悪い国でも貧しい国でも祖国は祖国だ。人間は親を選んで生まれてくることは出来ない。同じように人は祖国を選んで生まれてくることはできない。その選んで生まれてくることの出来ない貧しい親を、だからといってないがしろにしたり、捨てたりしたら、その人は人でなしとして罵られても仕方ないと思う。祖国も同じだ。つまらない国だからといって祖国を捨てることは、親を捨てる行為に等しい。どんなに苦しいことがあっても祖国を捨てては駄目だ。まして君の祖国はアメリカに次ぐ工業国で、ロケットも飛ばせば、アメリカより優秀なコンピューターを作る国ではないかね。君の国は白人国家と戦ってアジアを解放した国だろう。僕は覚えているよ。開戦の日の新聞に掲載された帝国政府声明文に開戦目的はアジアの独立であると書かれていたことを。ラジオもこれでアジアから白人植民地はなくなると連呼していた。あの戦争は植民地解放戦争だったのだよ。そして実際にアジアは白人支配から解放され独立を勝ち取った。そんなすばらしい祖国を何故君は捨てるんだい。日本に帰れば研究者の仕事はいくらでもあるはずだよ。中国や台湾とは違うんだからね。トニーが日本の学会で苛められていることは、日本の学会から聞いている。寒地研のマエカワからは何度か君のことで手紙をもらっている。内容は君の悪口ばかりだ。でも君は逃げちゃダメだ。君は国に帰って、そんな欠陥のある祖国をより良くする義務があるんだ。欠陥のある親だからといって捨てちゃダメだよ」

確かにワン博士の言うとおり私は祖国の欠陥を嫌って逃げて来たのである。

「祖国を捨てることは親を捨てること」というワン博士の説得はその後私の心を揺り動かし続けている。

ニューイングランド二年目の夏

私が着任して一年と九カ月が過ぎた。季節は夏に変わろうとしている。

一体いつまで契約研究員でいるのだろうか。研究できるのはありがたいけれど、半年ごと契約更改するというのはどうも足元がおぼつかないようで、日本にいた時のように研究に没頭するというわけにいかない。

日本にいた頃、国家公務員としての身分保証があり、そんな環境で研究して来たから、この国の制度に不安を感じるのであろう。友人たちに聞いてみると、みんな最初の何年間は契約研究員だったという。そしてそれが当たり前という顔をしている。公務員が身分保証されているのは日本だけかも知れない。

一月ほど前コンファレンス・ルーム（講堂）に職員が集められ、来年度予算のガイダンスがあった。来年度は十五パーセントの予算削減で、一部の契約研究員を解雇さざるを得ないという。一部の研究員からは軍の研究機関から独立して民間企業になった方が良いのではないかという提案がされていた。

ボスが珍しく私のオフィスを訪ねて来た。

「来週、月曜日ワシントンから国防省（ペンタゴン）の研究担当官が来て、新しいプロジェクトのミーティングがある。もしも話が纏まればコラール始まって依頼の大プロジェクトになる。よろしく頼むよ」

と、いつもはぶっきらぼうなボスが随分丁寧である。

〈言葉の問題がありますから、ヘンリー博士に頼んではどうですか〉と皮肉の一つも言いたくなるが何故か止めてしまった。

「何時にミーティングがありますか」

「一時三十分にカービンのオフィスだ。俺はその日はカリフォルニアへ出張していて同席できないが、カービンが全て仕切ってくれるだろう」

カービンというのはボスのボスにあたる人物である。

〈まったく身勝手な連中である〉安定した身分をよこすことなく、更に露骨な人種差別をしておいて、困った時には助けてくれと言う。何故この研究所にイークァル・オポチュニティーの事務所が必要なのか理解できる。

イークァル・オポチュニティーのコラールでの責任者、キング女史は何度か私のオフィスへ足を運んでくる。

「トニー、参謀長が来た時は随分ひどい目にあったそうね。何故人種差別として訴え出ないの。訴え出れば私が全て解決してあげるわ」

「僕は一切差別など受けていません。僕は今の待遇に満足していますし、もしも差別されているなら回答は一つ、僕は日本へ帰ればいいのです。日本では差別されることはありませんから」

「それは卑怯よ。あなたはこの国の歴史を知らないようね。この国の歴史は差別との戦いだった。片方に差別する人たちがいて、そして反対側に差別される人がいる。そして差別される人達の側には差別に反対する人たちがいる。それがアメリカの歴史なのよ。明らかに差別されているのにその差別されていることすら認めないのは単に逃避していることに過ぎないわ。そこからは何の進歩も生まれてこない」

「たとえ僕が差別されているとしても、僕はアメリカのために差別と戦う気などない。もしそんなエネルギーが僕にあるなら、それを日本に持って帰って自分の国のために戦う」

「たとえトニーがアメリカ人でなくても、あなたは差別と戦う義務があるのよ。今までのアメリカ人はみんなそうして来たの。この国の土を初めて踏んだ時は誰もアメリカ人ではないわ。アメリカ国籍を持っていない。アメリカ国籍を取れるのは入国してから五年を経なくてはならないことになっているわ。そしてその最初の五年間が最もひどい差別を受ける時なのよ。その人たちを救済するために私たちの委員会があるのよ。たとえあなたが日本人であっても、あなたには一人の人間としてこれからアメリカへ来る人々のためにアメリカでの人種差別と戦う義務があるわ。そして私たちにはあなたたちを救済する義務があるのよ」

「僕にとっては余計なお世話だ。答えは一つ。僕が差別されているなら僕は日本へ帰る。何もアメリカのためにアメリカの人種差別と戦う義理はない」

キング女史とはいつもこんな会話が繰り返されている。いくらキング女史に強がりを言っても日本へ帰るあてなどない。なのに差別されていることを認めたくないのである。もしもヘンリー博士の嫌がらせを人種差別であると訴えれば、自分の心理負担は軽減されると思う。しかし、差別されていることを認めること自体が差別に加担しているように思えるのである。ヘンリー博士が私の研究を盗んでアメリカから追い出したいならそうすれば良い。盗むほど価値あるものをこの国に残すことはしない。私の持っている知識ノウハウの内まだ十分の一も提供していない。どうせ損をするのはアメリカである。

〈差別するなら勝手にすれ。損をするのはお前たちだ〉

そんな開き直りが今の私にはある。

国内での人種差別を根絶することなく、軍事力ばかり増大させて、他国を侵略支配しても、その支配が長続きするはずなどないのである。自国の民族問題を解決できないアメリカが他国の占領統治など無理なのである。戦後、世界の中で相対的地位を低下させ続けている白人国家、一方で地位を高め続けている有色人国家、やはりワン博士が言うとおり白人国家はその人種差別意識、白人優越主義ゆえに敗戦国なのである。

〈日本人であることの誇りにかけて、あの三人の日本人のようなみっともない生き方はしない〉

何故かそんな決心が芽生えてきている。

戦勝国は日本だった

ワン博士が言っていた「日本は実質的に戦勝国であった」という話が気になって仕方ない。もう一度ワン博士の研究室を訪ねた。

「先日ワン博士がおっしゃっていました、戦勝国は日本だったという話について、詳しく聞きたくて来ました」

「中国人の私が日本人の君にそんな話をしなくてはならないとは不思議なことですね。いいでしょう、まあ座りなさい」

と研究室の隅にある丸テーブルを指さした。

最初に私が聞いた。

「私たち日本人は戦後教育の中で、あの戦争は日本によるアジア太平洋地域への侵略戦争であったと教わってきました。先日、先生は、『君の祖国はアジアを解放した誇り高き国だ』とおっしゃいましたが、その根拠は何でしょうか」


ワン博士はコーヒーカップを時々口に運びながら、

「トニー、最初に聞くが、侵略者を追い出した戦争の何処が侵略戦争なのかね。白人国家は数百年にわたってアジアを侵略支配してきたが、彼らを追い出したのは日本軍だろう。しかも、その後日本軍は現地の青年たちを組織して軍事訓練を施し、しかも、占領下の各国を開戦中に独立させた。そして降伏による連合国への投降前に、武器弾薬を独立軍に与え、さらに一部の日本兵は現地に残留して、現地独立軍の指導に当たった。その結果、戻ってきた旧宗主国との独立維持戦争に勝利した。インドネシア独立戦争、第一次インドシナ戦争、そして、ベトナム戦争まで残留日本兵が関わっていたことを日本人は知らないのだろうか」

「僕は子供の頃から歴史が大好きですが、今聞いた話は初めてです」

「何故、日本政府はこんな大事なことを国民に教えないのかな、不思議な国ですね」

「でも、ワン博士。当時の日本は白人国家をアジアから追い出して、自分たちが白人国家に成り代わって支配することを目的としていたのではありませんか、たしかにアジアは独立しましたが、それは結果論であって後付けであり目的ではなかった。日本ではそのように言われてますが」

「アジア解放が結果論だったという論法自体が後付けだったと思うよ。トージョーは開戦の日、真珠湾攻撃の日に帝国政府声明（巻末参照）を発表し、その中で開戦目的はアジアから白人たちを追い出し、植民地を独立させることであると宣言している。アジア解放は結果論でも後付け論でもなく目的論であり先付け論だったということだ。そして君の祖国はアジアを解放した。アジアの解放はアフリカの解放を促し、アフリカの独立は此処アメリカでの黒人解放運動に繫がった。将来アメリカに黒人大統領が誕生したなら、それはトージョーのおかげということになるね。日本はアジアから白人勢力を駆逐した。そして、現地に四年ほど留まり、ビルマ、フィリピン、自由インド、ラオス、カンボジア、ベトナムというマレー半島を除く東南アジア全域を昭和十八年八月一日のビルマ独立を皮切りに、昭和二十年三月末までに解放し、独立させ、国家承認を与えた。アジアが独立したのは戦後ではない、戦争中なのだよ。戦後偶然独立したことにしないと、白人は日本を侵略国家と決めつけることが出来なくなるから。アジアは戦後独力で独立し、寛大なる白人様は独立を認めてあげたという構図を捏ち上げたわけさ。日本軍を侵略軍にしないと白人たちの植民地主義を隠蔽できなくなるからね。それが東京裁判の目論見だったのだよ」

「ワン博士は何故そんなに歴史に詳しいのですか」

「僕は君と同じように子供の頃から歴史が好きで、将来は歴史学者になりたいと思っていたくらいですよ。でも、歴史では食べていけないと思い、化学の道に進んだ。

トニーが生まれるちょうど十年前、一九四一年十二月八日、僕は当時十八歳で中国から台湾に渡って来て、台北の親戚の家に滞在していた。日本軍がパールハーバーを攻撃したということを聞いて、アングロサクソンと戦争など始めて大丈夫かという心配と共に、緒戦の日本軍の勝利に同じアジア人として溜飲を下げたものだよ。そして多くの台湾人も戦争に参加していった。それまでのアジアは惨めなもので、日本とタイ以外は全て白人国家の植民地か半植民地で、私の祖国、中国では蔣介石は米英、毛沢東はソ連というふうに、白人国家の下僕として、日本の足を引っ張っていた。まったく情けない国です中国という国は。そんな惨めなアジアの状況に一石を投じ、アジア解放戦争を始めたのがパールハーバーであったと思うのだが、しかし、よく考えてみると、このアジア解放戦争というのは、一九〇四年の日露戦争から一九七五年のベトナム戦争の終了までの七十年間を指すのではないかとも考えられる。七十年間の前半四十一年間は日本が引き受け、後半はインド、インドネシア、ベトナムが担当したとも考えられます。野球で言えば先発は日本、中継ぎがインド、インドネシア、抑えはベトナムだったということかな」

ワン博士は科学者なのにたしかに歴史に詳しい。

「ワン博士、アジア解放戦争が七十年間続いたとして、たしかに一九七五年のベトナム戦争の終了をもって、アジア解放戦争は勝利したとする論理は理解できますが、前半の日本の戦いも勝利であったとするのは無理があるのではないでしょうか」

「トニー、我々科学者が信ずるものは実験結果しかない。日本の戦争目的は、アジア新秩序、すなわちアジアを白人列強から解放独立させ大東亜共栄圏を完成し、白人列強に押さえられていた資源を自由貿易によりアジア人で分かち合うことだった。一方、白人連合国の戦争目的は植民地を日本軍から守り維持することであった。さて、トニー、戦争目的を達したのはどちらの側だろう。アジア諸国は戦争中に独立した。一九四三年夏にビルマが独立して、終戦までに七つの国が独立ないし独立宣言を行った。日本は台湾、朝鮮、満洲、樺太、千島を失った。しかし、失ったとはいっても、これらの地域は日本にとっては元々赤字経営だったから、赤字部門を切り捨て日本は戦後経済的には身軽になったということだ。独立したアジア各国と日本はその後、白人列強の干渉を受けずに自由貿易を行えるようになり、日本は石油、石炭、ボーキサイト、鉄鉱石などの資源をアジア、太平洋地域から得て、経済成長を遂げていく。一方、連合国はすべての植民地を失い、没落してしまった。アメリカが戦争で得たものといえば太平洋の幾つかの小島、植民地フィリピンの喪失、中国大陸の共産化、朝鮮戦争での消耗、ベトナム戦争での敗北、そして原爆投下という汚名である。ソ連に至っては国家の存在すら危うくなり（一九九一年に消滅）、蔣介石は台湾へ逃亡、オランダは生命線のインドネシアを失い、イギリスは大英帝国が崩壊し、フランスはインドシナを失った。アメリカは日本軍国主義を解体したなどと強がりを言っているが、元々日本に軍国主義などなかった。日本では明治時代に議会が開かれ、既に立憲君主制の民主主義国家になっていた。どんな国だって戦時下は統制された体制に移行せざるを得ない。それを軍国主義だというなら、アメリカ、イギリス、ソ連、どの国も当時は軍国主義の国だったと言える。元々ありもしない日本軍国主義を退治したなど笑止千万だよ。天皇に頼らなくては占領政策もままならず、どこが占領軍なのだい。天皇陛下の権威を借りなくては統治できなかったのがマッカーサーだった。そんな占領軍見たことない。旧連合国が所謂「戦勝」の結果得たもの、それは足の引っ張り合いで機能しない国連安保理常任理事国の椅子と、あまりに残虐で使えない核爆弾のみだ。核爆弾が合法で残虐兵器でないなら、朝鮮でもベトナムでもたくさん使えば良かったのに」

「でも、ワン博士、日本は降伏文書に調印した以上、やはり敗戦だったのではないでしょうか」

「降伏と敗北は同義語なのかな、必ずしもそうとは限らない。降伏文書にサインしたか、しなかったかにかかわらず、戦争目的を達成した国が戦勝国、達成できなかった国が敗戦国なのだよ。

降伏文書調印は天皇陛下が決断された。それは、天皇が核戦争を止める必要があると判断したからだ。僕が台北大学の四年生だった八月十五日に玉音放送があり、終戦の詔書が新聞に載った。そこには核兵器を使った戦争を続けるなら、日本人だけではなく全人類が滅びる、だから終戦にすると書いてあった。また、今回の戦争はアジア解放戦争であったとも書いてあった。南洋の小さな島をいくつか失っただけなのに、本土決戦もしていないのに何故終戦にしたのか学生だった僕には理解できなかったのを覚えている。日本軍は未だに占領地域のほとんどを維持しており、台湾でも米軍上陸を手ぐすね引いて待ち構えていた。負けてたどころか勝っていた。なのに何故終戦としたのか、それは核戦争を止めさせるためだったということ。終戦の詔書にそう書いてあった。昭和天皇は核戦争を止めた最初で最後のお方であったということさ。

表向きの敗戦を装ったことが後の歴史分析を混乱させたようだ。白人国家は日本が演じた表向きの敗戦に悪のりして東京裁判を企画し、日本を侵略国家と規定した。そこで真の戦勝国である善と偽の戦勝国である悪が入れ替わり今に繋がっている。そしてトニーや他の日本人のように歴史観が混乱してしまったわけだ。科学的論理的に考えれば善悪の入れ替わりを見抜けるのだが、歴史学者は文系の頭脳が多いから、混乱するばかりだろうね」

「でも、ワン博士、そのような論理展開は『こじつけ』に過ぎないと反論されそうですが」

「『こじつけ』ではなく、これは歴史的事実、科学的事実なのだよ。正義は勝つという希な例が太平洋戦争かもしれない。数百年にわたってアジア人に対し過酷な植民地支配を強いてきた白人国家に大義名分などなく、勝敗は開戦前に既に決まっていたのだよ。あとは誰がその引き金を引くかに掛かっていた。世界はインドのガンジーが引くものと思っていた。しかし、ガンジーはいつの間にか白人側に寝返って逃げてしまい、結局日本がパールハーバーで引き金を引くことになってしまった。戦争の勝敗は緒戦での日本軍の快進撃により決まってしまっていたのだよ。『こじつけ』というのは東京裁判のことをいう。原爆の使用は天皇陛下に白人の野蛮性に対する哀れみを抱かせ、それが終戦の動機になったわけだが、愚かなる白人はそれを勝利であると勘違いした。東京裁判で日本を悪者とすることにより、自分たちが行ってきた植民地支配を隠蔽しようとしたわけだ。東京裁判こそ『こじつけ裁判』だった。原爆を使用しなくては勝てなかったということは、通常兵器では敗北したことを意味する。原爆を使用して民間人を虐殺した米英に日本軍の残虐性を云々する資格などないのは明白。南京虐殺など蔣介石の捏ち上げもいいところで、もし犠牲者がいたとしたらそれは敗残中国兵による仕業だよ。大昔から中国兵がやってきたことだ」

「ワン博士は何故そんなに日本の歴史に詳しいのですか」

「トニー、私は元日本人だよ。当時台湾人は日本人で日本語を話していたからね。本当はトニーと日本語で話したいけれど、残念ながら忘れてしまった」

まさか米軍の研究所に来てここまで詳細な「日本戦勝国論」を中国人研究者に聞かされるとは。

私は自分が生まれた国への先入観が崩れかかっていくのを感じながら、ワン博士の研究室を後にした。

石狩湾中性子爆弾投下シミュレーション

秘書のローリーが、

「トニー時間よ。ワシントンからのお客さんが着く頃だって」

カービン部長の部屋へ向かう。

この研究所へ来て二年近く経つが国防総省の研究開発担当官と話をするのはこれが初めてである。

赤と青の派手なストライプのシルクハットを頭に乗せたアンクルサムが、

「アーミー・ウォンツ・ユー」

とこちらを指さしている。

そのアンクルサムのポスターが貼られた、鉄のドアーを開ける。

「ハイ、トニー、カービンが待っているわ」

とカービンの秘書のターニャが微笑む。

「ターニャさん、足の具合はどうですか、だいぶ良くなりましたか」

「ええ、もう大丈夫よ。ほら、こうしてワルツのステップも踏めるわ」

ターニャは体重が二百パウンド近くもあった。その体重のため膝を悪くしてしまい、一月ほど休暇を取ってダイエットに励み、今週から職場に復帰している。ターニャと立ち話をしていると私の声を聞きつけたのか、秘書室へ通じるドアを開けてカービンが顔を出した。

「何だ、トニー来ていたのかい。ペンタゴンの人たちがお待ちかねだ」

と手招きをする。

「ターニャ、コーヒーを」

と言ってドアーを閉めた。

丸テーブルの向こうに頭のはげ上がった四十位の軍人風の男と、まだ三十そこそこのスーツを着た黒縁眼鏡の男が座っている。

「ドクター・イシュモフ、それとジョンソン大尉紹介します。この人が世界で初めて雪の模型化に成功した、ミスター・タナカです」

二人の紳士は立ち上がり握手を求める。二人が並んで座っている時は同じくらいの背丈に思えたのだが、立ち上がってみると、スーツを着たドクター・イシュモフは百九十センチほどもあろうかという大男である。私とペンタゴンの二人は型どおりの挨拶の後向かい合って席に着いた。カービンが口火を切る。

「トニー、陸軍では現在ある一連の研究を求めているが、その中でどうしてもトニーの雪氷シミュレーションが必要になって来た。詳しい内容については、ジョンソン大尉に説明してもらう。トニー、ジョンソン大尉はペンタゴンのＮＢＣ兵器専門の担当官だ。それじゃあ、大尉、説明お願いします」

「まず最初にＮＢＣとついているがこれは三大テレビネットワークのＮＢＣとはなんの関係もない」

他愛のないジョークで少し緊張がほぐれた。大尉が続ける。

「ＮＢＣのＮはニュークリアー即ち核兵器のこと。Ｂはバイオテクノロジー、すなわち生物兵器のこと。Ｃはケミカル即ち化学兵器を意味する。陸軍はＮＢＣ兵器について過去四十年間研究を継続しているが、未だ十分研究されていない分野がある。それは、それぞれのＮＢＣ兵器が降雪状態で使用された場合、どのような挙動を示すかということだ。

具体的にはＮＢＣ兵器を降雪、あるいは吹雪の最中に使用した場合、晴天時に於ける破壊力と比較して、どの程度その破壊力が損なわれるかについての研究は未だ不十分なんだ」

大尉は黒板に軍事用語を並べさらに続ける。

「ＮＢＣ兵器の研究において最も難しい点は大がかりな現地実験が出来ない点にある。そこでシミュレーションに頼ることになるが、今までは雪の風洞シミュレーションが不可能であったから、ほとんどの場合数値シミュレーションに頼って来た。ところが、昨年、その数値シミュレーションが全く役に立たないことが明らかとなった」

私にとってこれは以外であった。陸軍が使用している流体の数値シミュレーション用ソフトは極めて完成度が高いものと聞いていたからである。そのソフトは「フルエール」と呼ばれている。私が質問する。

「陸軍が使用しているフルエールは極めて精度が高く、三次元シミュレーションまでこなすものと聞いていますが、いったい何処に問題があったのですか」

「その点については、僕から説明しよう」

と、ドクター・イシュモフが席を立ち黒板へ向かう。その時ターニャがコーヒーをテーブルの上に並べた。

「それが全く初歩的ミスだった。実はフルエールは純粋流体と稀薄ガスの拡散をシミュレートするために開発されたもので、ＮＢＣ兵器に汚染された空気の拡散や、爆発に伴う衝撃波の減衰については極めて正確にシミュレートするが、汚染された雪粒子がどのように拡散するかについては、全く役に立たない」

ドクター・イシュモフが黒板に拡散方程式を書いてその上にバツを描いた。

カービンが補足する。

「空気と砂あるいは空気と雪が混じった流れの研究は流体力学の新しい分野として未開拓である。それゆえ、今説明した問題に直面した時、なす術がないというのが現状なんだ。それでトニーの実験装置でシミュレートして欲しいということになった」

私が質問する。

「フルエールは全くでたらめな結果を出しているということがなぜ分かったのですか」

カービンと他の二人が戸惑う。カービンがジョンソン大尉に発言の許可を求める。

「大尉、あのことを話していいかい」

大尉が頷くとカービンが話し始めた。

「実はモンタナの演習場で実際に生物兵器の実験をしてみたことがあるんだ。もちろんその時使用した細菌は人畜無害な細菌を使用したけれど、予想外にも細菌が演習場の外に波及してしまった。原因を調べた結果、爆発直後に発生した地吹雪が細菌を雪粒に付着させたまま風下側の広範囲な地域にばらまいたことが分かった。この事件は実戦において極めて重要な問題を提起する。例えば、風上側に布陣する敵に対して戦術核を打ち込んだ場合、放射能に汚染された雪が吹雪あるいは地吹雪によって味方陣営へ移動してくることが予測される。それゆえ、風向、風速、雪質その他の気象条件により雪粒がどのように拡散するかを予め知る必要があるわけだ」

「それからこんなこともあった」

とジョンソン大尉がつけ加える。

「放射能からの待避壕として雪洞が使えないかということで、現地実験を行ってみた。放射能源を雪面から百フィートの所において、積雪層内部への透過の具合と、雪面上での水平方向への拡散の度合いを比較してみた。事前の予想では、水平方向への拡散はほとんどなくて垂直方向への拡散が卓越するものと考えられていたが、実際にアラスカで実験してみると現実は全く逆で、積雪内部の透過はほとんどなく、水平方向への拡散が異常に卓越していることが判明した。これもよく調べてみると、原因は地吹雪であることが判明した。このようにＮＢＣ兵器は地吹雪によってずいぶん影響を受けることが判明した」

大尉の補足をカービンが受ける。

「トニー、概要は理解できたと思う。どうだろう、やってもらえるかな」

そしてカービンはつけ加えた。

「もしもこのプロジェクトを完成してくれたら、トニーのパーマネント・ポジションへの移行も可能となるし、もちろんアメリカでのグリーン　カード（永住ビザ）の取得も陸軍が保証することになると思う」

私は自分の研究を発展させる良いチャンスに思えた。ワシントンからの直接のプロジェクトであればかなりの研究費を期待できそうである。私は飛びつきたい衝動を抑えて冷静を装った。

「この研究は混相流の研究テーマとしては大変面白い分野です。研究費はどの程度見込んでいますか」

「初年度に一ミリオン、次年度からは五ミリオンずつ五年間の計画で総計二十六ミリオンダラーと見て、現在予算担当者と打ち合わせ中である。もしもこれで不十分なら、更に上乗せを考える」

とジョンソン大尉が答えた。私がこの研究所へ来てから使った研究費は一年間で三十万ドルに満たない。それでもこの研究所では大きなプロジェクトである。

「分かりました。なんとかやってみます」

と私が答えると、カービンはほっとしたのか
「研究内容の具体的検討については、コーヒーブレイクの後、隣のミーティングルームですることにしよう」

とターニャにコーヒーのお代わりを頼んだ。

「このプロジェクトが決まれば、この研究所も少し潤うことになるよ。最近の軍事費削減の皺寄せは正面装備よりも、我々のような末端の研究所に来るんだよ。ワシントンからのご両人には無縁なことだけれど、コラールでは昨年度三十人の非常勤に辞めてもらい、今年度は六十歳以上の研究者を対象に勧奨退職を予定している。このプロジェクトのおかげで、人員削減は先伸ばしできるかも知れない。全くトニーのおかげだ」

カービンにこんなに持ち上げられたのは初めてである。ヘンリー博士が私を日本から呼ぼうとした時カービンは頑迷に抵抗したというから、ずいぶんな様変わりである。

「さて、ミーティングルームに席を移そう」

カービンが腰を上げた。カービンの部屋はそのままドアで窓のないミーティングルームにつながっている。そのドアを開けて四人はミーティングルームへ移った。カービンが照明のスイッチを入れると天井に並べられたたくさんの蛍光灯が不規則に点灯して、中央の大きなテーブルの上におかれた大きな塊を浮かび上がらせた。

「トニーこちらへ来てくれ」

「これは今日のミーティングのため、こちらの両人がワシントンから持参したものだ」

カービンが指さしているのは四メートル四方はある大きな地形模型である。

「この地形模型は先程説明したNBC兵器のシミュレーションに使用するため製作した。水平方向の縮尺は一万分の一、鉛直方向の縮尺は千分の一となっている。トニーにはNBCのうちのN、核爆発に伴う放射能汚染の吹雪降雪による拡散をこの模型を用いてシミュレーションしてもらいたい。理由はBとC、すなわち生物兵器と化学兵器よりも核兵器の使用可能性の方が高いからである。特に今回模型化した地域はソ連軍が上陸する可能性がも高い地域である」

私が質問する。

「この地形模型の現場は何処なのですか」

ジョンソン大尉が答える。

「ミスター・タナカ、モデルは君の生まれ故郷の北海道石狩湾だ。豪雪地帯で吹雪が頻繁にたよ、将来ソ連軍の上陸もあり得る地域でもある」

少し沈黙が続いた後ドクター・イシュモフが続ける。

「さて、この次が大変重要な問題なのだが、実はこの港の風下側にはご存じの通り札幌市が控えている。冬期間この地域では風の強い日は毎秒二十メートル位の風が吹く。それゆえ、爆発後どれくらいの時間でその都市に汚染された雪粒が到達するか、またどの地域に拡散するかを時系列でシミュレートする。さらにこの地域の海上には小型で複雑な低気圧が多数発生するが、核爆発により上空に巻き上げられた汚染物質がその低気圧にどのように影響を与え、その影響された低気圧がどのように汚染物質を拡散するかについてシミュレートする。以上が我々の要求する実験条件である」

「トニー、何か質問はないかね」

と、カービンが聞く。しかし、私は何故かうつむいたままである。

「それから最後につけ加えておくが、この研究については一切の口外をしないで欲しい。この研究はNBC兵器に関するものである以上、一切が極秘で進められなくてはならない」

と、イシュモフがつけ加えると、カービンがジョークを飛ばした。

「外部に漏れたら、それこそNBC放送が騒ぎ立てることになる」

三人のアメリカ人はこのジョークで笑い転げているが、私は何の反応もせず黙りこくっている。

「さて、今日のミーティングはここまでにしよう。二人はこれからワシントンへ戻る。トニーはこのプロジェクトの予算書とプログラムの作成を急いでくれ。来週の末までに提出してくれたまえ」

ミーティングは終わった。

私はいったいどうしたのであろう。あの大きな地形模型を見てから様子が変わってしまった。


私が足早に先程歩いて来た廊下を戻っていく。私の体内では心臓がドクンドクンと大きな鼓動を打ち始めていた。エレベーターに乗り、正面ロビーに降り立った。

受付のモーリーがウインクして挨拶を送るが、私はやはり無視して玄関から走り去った。いったいどうしたのであろう、鼓動だけが大きくなり、歩く足が重くなってくる。芝生の向こうに大きなガーデンテーブルがある。

〈あのテーブルで少し休もう〉と私は思った。

鉛のように重い足を一歩一歩無理に前へ押し出す。まるで、スローモーションで歩いているかのような感覚である。心臓の鼓動が更に激しくなる。テーブルが近づいてくる。

ほとんど西の山丘に沈もうとしている夕陽は、テーブルの脇に立つ大きな針葉樹の陰を芝生に投射し、その明るい部分と陰の部分のコントラストの境界をリスが出たり入ったりして、ドングリを土中に埋めている。

アメリカ松の椅子に重い腰を下ろして、テーブルの上にその重い上体を突っ伏した。背骨の一番下の所から、何か冷たく大きな塊が頭の後ろの部分へ走り抜け、次の瞬間その冷気が頭のてっぺんから、全身を包み上半身から血の気の無くなるのを覚える。そんなショックが何度か続いた。血の気の引いた頭の中を、

〈何故こんなことに〉という思いが繰り返されている。

〈何故こんなことに〉そう思うたびに冷たい塊が背骨を走り抜け、心臓が窒息しそうに不整脈を打つ。頭の中をあの地形模型がグルグルまわる。

その地形模型には日本海に大きくえぐられた石狩湾とその中心に石狩湾新港が、そしてその西南に手稲の山そして藻岩の山麓から石狩平野にかけて大きな街が広がっていた。

爆心は石狩湾新港の中埠頭の上空三百メートルである。単純なモデルで計算してみても死者数万、放射線障害でその後十年以内に死亡する人の数は数十万人に上るだろう。放射能は石狩平野特有の吹雪に乗って広範囲にバラまかれ、それは平野を横断して太平洋岸にも達するであろう。

何故人種差別を受けながら、この国の安全保障に尽くさなくてはならないのか。何故自分を差別する白人の為に研究しなくてはならないのだろう。

思い出す。二人の子と石狩の浜で小エビを捕ったことがある。バケツに一杯になった小エビが撥ねるのを見て、子供たちは燥いでいた。いくら予備研究とは言え、核を打ち込む研究に嫌悪を感じている。いや、核兵器の研究そのものを嫌悪しているのである。核の使い方など研究してはならない。あんな兵器は破棄すべきものだからだ。

地形模型がパーマネント・ポジションへの誘いが、「日本へ帰れ」というワン博士の言葉が身体の中をばらばらに駆けめぐり、心臓は不整脈の動悸を繰り返している。

私はアメリカで人種差別を受けている。なのに何故祖国を廃虚と化すかもしれない研究をアメリカのためにしなくてはならないのだあろうか。そんな研究に人生を費やすなら、ワン博士に教えてもらった「日本戦勝国論」を日本に帰国して日本人に知らせる方がよほどましである。

〈帰ろう!〉

そう決めた時、心臓の高鳴りがやんだ。

ふと上体を上げると芝生の向こうのコネチカットリバーをダートマスのエイトが滑り去り、そのエイトが残した大きな波紋に飲み込まれそうになりながら、一対のビーバーが小さな二つの航跡を残してバーモントの対岸へ横切っていった。

再び蛍に囲まれて

二度目の蛍の季節がやって来た。去年と同じように蛍の中で由美子を抱いた時、何故言えなかったのだろう。二年前自分の人生をかけた決断がこんな形で終わることへの悲しさと悔しさ、そして僅かではあるが帰国への望みが入り交じり、自分を口下手にしている。日本へ帰ることに決めていながら、由美子との関係はたとえ一分一秒でも長続きさせ大切にしておきたいのだろうか。

蛍の恋の季節が終わる頃、由美子に打ち明けた。

「由美子さんですか、俊彦です。今日はまじめにお願いしたいことがあって電話しました」

「いったいどうしたの、かしこまって。一緒に死んでくれなどと言いださないでよ。私は未だ死にたくないわ」

「いや、そうではないけれど、でもそれに近いかも知れない」

「どういうこと。よく説明してよ」

「実は――」

何故すんなり言えないのだろう。口ごもってしまう。

「どうしたの。はっきり言いなさいよ。叱ったりしないから」

「実は帰国することに決めました」

いた。

「あっ！」

受話器の向こうにうろたえる由美子が見えた。電話線が緊張したまま冷たい沈黙を残していた。

「いろいろ考えたけれど、僕は日本人だから日本へ帰ることにしました」

「でも俊彦はいつも日本には学問の自由がないと言ってたじゃないの。そんな国へ帰ってどうするつもりなの」

「学問の自由がない国だから、学問の自由を作るために帰国しようと思って」

「あなた正気なの！　ただの若造一人が帰国したからといって、どうなるっていう問題じゃないと思うわ。本気でそんなことを考えているとしたら、思い上がりもいいところよ。つまらないこと考えないで、アメリカでじっくり研究に打ち込むこと、そしてすばらしい研究成果を残すこと、それがあなたの義務よ。日本のレベルの低い学会にかかわり合って無駄なエネルギーを浪費するなんてくだらないと思うわ」

「でも僕は日本人だから日本に帰って日本のために働くことにするよ。人種差別をうけてまでアメリカのために働くことは出来ない」

「だって日本に帰っても仕事の当てなどないんでしょう。学会の人たち、俊彦を再就職させないためにネットワークを作っているというんじゃないの。どうやって生活するの」

「それは帰ってから考えることにするよ。たとえ悪い方に転がってもたかが命を失うだけさ」

「もう決めたの」

　由美子の声が少し弱くなった。また沈黙が残った。

「アメリカへ来て初めて自分には帰れる祖国があることに気が付いた。乞食をすることになろうが討ち死にしようが、国を良くするために生きようと思う。たとえ僕がアメリカで研究者として成功しても、自分が生まれ育った国をないがしろにする限り、人生の成功者とは言えないように思う」

「俊彦はいいわね。帰れる国があって。私にはないわ。せいぜい日本へ帰って私の分も頑張ってよ」

「由美子さんにお願いがあるのだけれど」

「いいわよ。もう会えないんですもの。最後の頼みくらい聞いてあげるわ」

「僕と一緒に帰って僕の仕事を手伝ってくれないか」

電話ののワイヤーが緊張した。由美子は少し間をおくと、

「ふーっ、ふーっ、ふふふ」

と吹き出し、

「なに馬鹿なこと言ってるの。もしかしたらそれプロポーズかしら。ちょっと馬鹿にしているんじゃない」

と怒っている。

「君のことを馬鹿にしてもいないし、プロポーズでもないよ。職のあてもないのにプロポーズなんて出来っこないよ。ただ僕と一緒に日本へ帰って、そばにいて僕を励まして欲しいんだ」

「自分の生活もどうなるか分からないというのに虫のいいこと言ってるわ。あなたは日本に帰ればいいわ。私には帰る国なんてない」

「由美子には帰る国があるさ。問題は君が帰ろうとしないだけさ」

「安っぽい慰めはよしてよ。国を捨てて、子供も捨てて、何処に帰る所があるというの。私はアメリカに残るわ」

　そして由美子は電話を切った。

帰国

　石狩湾に核爆弾を打ち込む研究はジョニーに任せられたそうである。ヘンリー博士はワシントンからの指示でプロジェクトから外された。

　ハノーバーの近く、レバノンの小さな飛行場からボストンの空港へ、そしてボストンからニューヨークJFK空港へ、ボストンからニューヨーク行きの飛行機が悪天候のため二時間も遅れた。JFKに着いても、成田行きのJAL機はもう出発してしまったろう、今晩はニューヨーク泊まりかと覚悟を決めてゲートを出た。そこにJALのユニフォームを着た係員が待っていた。

「田中さんですね。急いでください。飛行機を待たせてありますから」

そして私の荷物を取り上げると皆で走り出した。なんと二時間も待機していてくれたのである。

「申しわけありません。成田到着を遅らせてしまいまして」

「田中さん、大丈夫ですよ。途中スピードを上げて成田には定刻通り到着しますから」

JAL機の尾翼に輝く日の丸を見た。何故涙が止まらないのだろう。二年前何故自分はこんなすばらしい人たちとその国を捨てようとしたのだろう。自分に対する情けなさと、この人達への感謝の気持ちが涙を流させているのだ。JAL機は滑走路に入ると、次の離陸便であろう、パリ行きのコンコルドを横目に飛び立った。

今、ツンドラの上を飛んでいる。

ちょうど二年前、同じ場所をニューヨーク・ケネディ空港へ向かって飛んでいた。あの時は日本を追放された悲しみと、自由の国アメリカへ渡る希望に溢れていた。この二年間はいったい何だったのだろう。今は職のあてもないというのに、日本へ帰れる喜びと希望に溢れている。どんな困難が待ちかまえているのだろうか。でも祖国のための困難なら、今の私にはどんなことでも出来そうである。すくなくとも石狩湾新港に中性子爆弾を打ち込む研究よりはましである。

ボンヤリと窓の外を見ている。フェアバンクス上空に差し掛かった。郊外の小高い丘にアラスカ大学の建物が見える。私がコラールを辞めると知って、研究者として来ないかという誘いが幾つかの大学からあった。以前の私ならその誘いにのったかも知れないが、今は違う。今はまっすぐ日本を目指している。

レバノンの町の小さな空港にアメリカの友人達が見送りに来てくれた。

私に代わって「核弾頭打ち込みシミュレーション」を担当することになったジョニーは「トニー手紙を出すから色々教えてよ。風洞内で〝コリオリ力〟の影響を再現するにはどうすれば良いのだろう」と不安げである。

「秋にボーイングへ移ることにしたよ。オハイオへ来ることがあったら寄ってくれよ」

「たぶん私も一緒に行くわ。オハイオへ来てね。まだダンスしましょう」

とジェフとマリアン。

「十年後日本へ帰ることになったら、その時はよろしく頼みますよ。私は必ず帰りますから」

と植西博士。ピートは、

「来年ワイフと日本へ里帰りするからその時札幌へ寄らしてもらうよ」

そしてイークアル・オポチュニティのキング女史も来た。

「トニーが帰るおかげでマイノリティの人たちの権利拡大は少しストップよ。またアメリカへ来ることになったら真っ先に私たちの所へ来てよ。トニーのような人たちはお得意さまだから。アメリカはヘンリー博士みたいな人ばかりじゃないのよ」

キング女史が活躍するアメリカは偉大な国である。悔しいけれどそれは認めざるを得ない。

私は足元のバックからウォークマンを取り出すと楕円形の窓に押し当てスイッチを入れた。二年前と同じようにエロール・ガーナーのジャズピアノが聴こえる。そのジャズを聴きながら少し寝入った。そして、隣に座る女の声で目が覚めた。
「ずいぶん遅れてニューヨークに到着したのね。もう来ないのかと思ったわ。誤解しないでよ、私が帰国するのは単なる里帰りであって、俊彦を手伝うためではないんだから。私たちのことは成田で終わりにしましょう」
寂しそうに囁いた。そして続ける
「それにしても、せっかくアメリカに実験装置を作ってこれからだというのに、それを棄てていくなんて勿体ない話ね」

「渡米の目的は新しい技術を伝えることだったから、目的は達成したよ。あとはジョニーとボスが発展させてくれるさ」

「ところで俊彦、日本に帰ったら何をする気なの」

「日本人に知らせたいことがあるんだ」

「知らせたいことってなに？」

「あの戦争はアジア解放戦争であったということ、そしてアジアを独立させた日本こそ戦勝国だったということさ。自分の祖国を敗北した侵略国家と信じて死んでいくよりも、アジアを解放した戦勝国家と信じて死んでいく方が幸せに決まっているから」

「あら、あら」

　由美子は開いた口がふさがらないといった顔で見つめている。

「台湾人のワン博士が教えてくれたんだ。日本ほど誇り高い国はないはずだって、日本こそがアジア解放国家で戦勝国だって、だからそのことを日本人に――」

　由美子の方を振り向くと寝入ってしまったようである。しばらくの間ニューイングランドでの二年間を思い返していた。すると由美子が急に
「どうしたの、話は終わったの」

「いや、でも君が寝てしまったから」

「寝てなんかいないわ、目を閉じてるだけ。でも、話なんかどうでもいいわ」

「僕たち、成田までの数時間しか残されていないんだね」

そして、沈黙が続き、耳元ではエロール・ガーナーの静かなピアノが流れていた。その沈黙を破るかのように由美子が呟いた。

「いいわ、私、一緒に戦ってあげる。それだけでいいのね」

私が由美子の手を強く握ると、由美子も一本一本の指を私のそれぞれの指に絡め握り返してきた。

新聞を広げた。それを横から覗き込んでいた由美子が記事を指さして
「これ見てよ。今日から元号が変わるんだって。時間に名前を付けてあげれる日本ってすてきな国だと思わない」
即位された新天皇皇后両陛下が微笑んでいる。なぜその微笑みに安らぎを感じるのだろう。
「当機は高度一万メートルを時速九百八十キロで成田へ向かっております。到着は定刻を予定しております、地上からの連絡によると、今日の日本列島は快晴に恵まれ、成田到着の二十分ほど前に当機の右手に綺麗な富士山が見える予定です」と機内アナウンスが伝えると、乗客の間に大きな歓声が上がった。

参考

帝國政府聲明（昭和十六年十二月八日午後零時二十分發表、原文全文）

恭しく宣戰の大詔を奉戴し茲に中外に宣明す、抑々東亞の安定を確保し、世界平和に貢獻するは、帝國不動の國是にして、列國との友誼を敦くして此の國是の完遂を圖るは、帝國か以て國交の要義と爲す所なり

然るに、曩に中華民國は、我眞意を解せす、徒らに外力を恃んて、帝國に挑戰し來り、支那事變の發生を見るに至りたるか、御稜威の下、皇軍の向ふ所敵なく、既に支那は、重要地點悉く我手に歸し、同憂其眼の士國民政府を更新して帝國は之と善隣の誼を結ひ、友好列國の國民政府を承認するもの已に十一箇國の多きに及ひ、今や重慶政權は、奥地に殘存して無益の抗戰を續くるに過きす、然れとも米英兩國は東亞を永久に隷屬的地位に置かんとする頑迷なる態度を改むるを欲せす、百方支那事變の收結を妨害し、更に蘭印を使嗾し、佛印を脅威し、帝國と泰國との親交を裂かむかため、策動至らさるなし、仍ち帝國と之等南方諸邦との間に共榮の關係を增進せむとする自然的要求を阻害するに寧日なし、その狀恰も帝國を敵視し帝國に對する計畫的攻擊を實施しつつあるものの如く、遂に無道にも、經濟斷交の擧に出つるに至れり、凡そ交戰關係に在らさる國家間における經濟斷交は武力に依る挑戰に比す

へき敵對行爲にして、それ自體默過し得さる所とす、然も兩國は更に與國を誘引して帝國の四邊に武力を増強し、帝國の存立に重大なる脅威を加ふるに至れり

帝國政府は、太平洋の平和を維持し、以て全人類に戰禍の波及するを防止せんことを願念し、敍上の如く帝國の存立と東亞の安定とに對する脅威の激甚なるものあるに拘らす、隱忍自重八箇月の久しきに亘り米國との間に外交々渉を重ね、米國とその背後に在る英國竝ひに此等兩國に附和する諸邦の反省を求め、帝國の生存と權威との許す限り、互讓の精神を以て事態の平和的解決に努め、盡(つく)す可(べ)きを盡し、爲す可きを爲したり、然るに米國は、徒らに架空の原則を弄して東亞の明々白々たる現實を認めす、その物的勢力を恃みて帝國の眞の國力を悟らす、與國とともに露はに武力の脅威を増大し、以て、帝國を屈從し得へしとなす、かくて平和的手段により、米國ならひにその與國に對する關係を調整し、相携へて太平洋の平和を維持せむとする希望を方途とは全く失はれ、東亞の安定と帝國の存立とは方に危殆に瀕(ひん)せり、事茲に至る、遂に米國及ひ英國に對し宣戰の大詔は渙發せられたり、聖旨を奉體して洵(まこと)に恐懼感激に堪へす、我等臣民一億鐵石の團結を以て蹶起勇躍し、國家の總力を擧けて征戰の事に從ひ、以て東亞の禍根を永久に芟除し聖旨に応へ奉るへきの秋なり、

惟ふに世界萬邦をして各々その處を得しむるの大詔は、炳(へい)として日星の如し、帝國か日滿華三國の提携に依り、共榮の實を擧げ、進んで東亞興隆の基礎を築かむとするの方針は、固より渝(かわ)る所なく、又帝國と志向を同しうする獨伊兩國と盟約して、世界平和の基調を劃し、

新秩序の建設に邁進するの決意は、益々牢固たるものあり、而して、今次帝國か南方諸地域に對し、新に行動を起すの已むを得さるに至る、何等その住民に對し敵意を有するものにあらす、只米英の暴政を排除して東亜の明朗本然の姿に復し、相携へて共榮の樂を頒たんと冀念するに外ならす、帝國は之等住民か、我か眞意を諒解し、帝國と共に、東亜の新天地に新なる發足を期すへきを信して疑はさるものなり、今や皇國の隆替、東亞の興廢は此の一擧に懸れり、全國民は今次征戰の淵源と使命とに深く思を致し、苟も驕ることなく、また怠る事なく、克く竭し克く耐へ、我等祖先の遺風を顯彰し、難關を逢ふや必す國家興隆の基を啓きし我等祖先の赫々たる史跡を仰き、雄渾深遠なる皇謨の翼賛に萬遺憾なきを誓ひ、進んで征戰の目的を完遂し、以て聖慮を永遠に安し奉らむことを期せさるへからす

注：傍線を付した部分が戦争目的はアジア解放と大東亜共栄圏確立であることを宣言した段落である。

帝国政府声明（読み下し）

恭しくも陛下より米英に対する宣戦の大詔が発せられたので、大日本帝国政府は国の内外に対し次の政府声明を発表する。東亜の安定を確保し、世界平和に貢献するのは、大日本帝

国の不動の国是であり、それを実現するため大日本帝国は列国との友好を最優先してきた。しかしながら、蔣介石国民党政府は、いたずらに外国勢力と徒党を組んで、我が国に敵対し、その結果、支那事変の発生を見た。しかしながら、蔣介石の反発にも拘わらず、陛下の御威光により、大日本帝国陸海軍の向かうところに敵はなく、支那の重要拠点は、ことごとく大日本帝国陸海軍の占拠するところとなり、大日本帝国と志を同じくする人々により、南京に国民政府が樹立され、その支那国民政府と大日本帝国は、現在友好関係にあるのみならず、十一カ国もの諸国が支那国民政府を支那に於ける正当政府として承認している。そして、これに敵対する蔣介石の重慶政権は、支那の奥地で無駄な抵抗を続けるのみとなってしまった。

こうしてようやく支那に平和が戻ろうとしている情況が出来つつあるのに、米英両国は東亜を永久に隷属的地位に置こうとする頑迷な態度を改めていない。それどころか、米英両国は奸計を労して支那事変の終結を妨害し、オランダをそそのかし、フランスに脅威を与え、大日本帝国とタイ国との親交までも妨害してきた。その目的は、大日本帝国とこれら東亜の南方諸国との共存共栄の道を阻害することである。

こうした米英両国の動きは、大日本帝国を敵視し攻撃しようとするものであるが、今回米英は「経済断交」と言う暴挙を行うに至った。

国家間において「経済断交」というのは、宣戦布告に匹敵する敵対行為であり、国家としてそれを黙認できるものではない。

しかも米英両国は、さらに他の国々を誘い込み、大日本帝国の周辺で武力を増強し、大日本帝国の自立に重大な脅威を与えている。

大日本帝国政府はこれまで、上に述べたよう米英が大日本帝国の存立と東亜諸国の安定に対して重大な脅威を与えて来ているにもかかわらず、太平洋の平和を維持し、全人類に戦禍の波及することがないよう堪忍自重し、米国と外交交渉を重ね、背後にいる英国並びに米英両国に附和雷同する諸国に反省を求め、大日本帝国の生存と権威の許す限り、互譲の精神をもって事態の平和的解決に努めてきた。しかし、米国はいたずらに空虚なる原則を弄び、東亜諸国の現実を認めず、大日本帝国の真の国力を悟ろうともせず、武力による脅威を増大させ、大日本帝国を屈服させようとしてきた。その結果、大日本帝国は、平和的解決手段を全て失うこととなった。

東亜の安定と帝国の存立とは、今まさに危機に瀕している。それ故米国及び英国に対し宣戦の詔書が発せられたのである。

詔書を承り、まことに恐懼感激に堪えないものがある。

帝国臣民は、一億鉄石の団結で決起勇躍し、国家の総力を挙げて戦い、東亜の禍根（白人支配）を永久に排除、聖旨にこたえ奉るべき状況となった。

世界各国が各々その所を得るべしという詔書は、日星の如く明らかである。

大日本帝国が日満華三国の提携によって共栄の実を挙げ、進んで東亜諸国の興隆の基礎を築こうとしてきた方針は、もとより変るものではない。

また大日本帝国は、志を同じくするドイツ、イタリア両国と盟約し、世界平和の基調を糾すべく新秩序の建設に邁進する決意をますます強固にしている。

今回帝国は東南アジア地域に武力進攻せざるを得なくなったが、それは決して東南アジア住民に対して敵意を持つからではない。ただ、米英から東南アジア住民に対し加えられてきた暴政を排除し、東南アジアを白人によって植民地化される前の、明白なる本来在るべき姿へ戻し、ともに協力して繁栄することを願うからである。大日本帝国は東南アジアの住民たちがこの戦争目的を了解し、東亜に新たなる政治経済体制の構築を目差し共に行動することを疑わない。

今や大日本帝国と東亜の興廃は、この一挙にかかることとなった。全国民は、このたびの戦いの原因と使命に深く思いを馳せ、けっして驕ることなく、また怠ることなく、よく尽くし、よく耐え、それによって私たちの祖先の遺風を顕彰し、困難にあったら必ず国家興隆の基を築いた父祖の光栄ある歴史と業績と雄渾深遠なる陛下の統治を思い、万事にわたってソツがないようにすることを誓い、進んで戦争の目的を完遂し、陛下の御心を永遠に安んじ奉ることを期待する。

安濃豊（あんのう　ゆたか）

昭和26年12月8日札幌生れ。北海道大学農学部農業工学科卒業。

農学博士（昭和61年、北大農学部より学位授与、博士論文はSNOWDRIFT MODELING AND ITS APPLICATION TO AGRICULTURE「農業施設の防雪風洞模型実験」)。

総理府（現内閣府）技官として北海道開発庁（現国土交通省）に任官。

昭和60年、米国陸軍寒地理工学研究所研究員、ニューハンプシャー州立大学土木工学科研究員。平成元年、アイオワ州立大学（Ames）航空宇宙工学科客員研究員（研究テーマは「火星表面における砂嵐の研究」)、米国土木工学会吹雪研究委員会委員。平成6年、NPO 法人宗谷海峡に橋を架ける会代表。平成12年、ラヂオノスタルジア代表取締役、評論家、雪氷学者、ラジオパーソナリティー。

主な著書に『大東亜戦争の開戦目的は植民地解放だった』『絶滅危惧種だった大韓帝国』『日本人を赤く染めた共産党と日教組の歴史観を糾す』（いずれも展転社）がある。ほかに英文学術論文20本、和文学術論文5本、小説単行本2冊、雑誌北方文芸2編。

安濃が世界で初めて発明した吹雪吹溜風洞は国内では東京ドーム、札幌ドームの屋根雪対策、南極昭和基地の防雪設計、道路ダム空港など土木構造物の防雪設計に、米国では空港基地、南極基地の防雪設計、軍用車両・航空機の着雪着氷防止、吹雪地帯での誘導兵器研究に使用されている。

哀愁のニューイングランド

米国陸軍にて祖国日本を想う

令和元年六月十八日　第一刷発行

著　者　安濃　豊
発行人　荒岩　宏奨
発　行　展　転　社

〒101-0051 東京都千代田区神田神保町2-46-402
TEL　〇三（五三一四）九四七〇
FAX　〇三（五三一四）九四八〇
振替〇〇一四〇―六―七九九九二

印刷　中央精版印刷

定価［本体＋税］はカバーに表示してあります。

ISBN978-4-88656-483-2